제 9 회
소월시문학상
수상작품집

문학사상사

제9회 소월시문학상 수상작 선정 이유서

시는 산문보다 더욱 창조적이다. 시는 언어를 만들고 산문은 만들어진 언어를 사용하기 때문이다. 시가 철학보다 더 고귀한 이유가 여기에 있다.

임영조는 우리 시대의 시가 산문에 압도당하고, 또 산문화로 치닫는 것을 자랑 삼는 시류에도 불구하고, 이에 휩쓸리지 않고 고고히 언어의 창조 행위에 몰두해 왔다는 점에서 높이 살 만한 시인이다.

그의 시에 제9회 소월시문학상의 영예를 안겨 주는 이유가 여기에 있다.

1994년 10월

소월시문학상 선정위원회
구상 · 김남조 · 오세영 · 이어령 · 조남현
(가나다순)

대상 수상작

추천 우수작

● 강은교

차 례 ─────────────────────────────

차 례 ───────────────────────────────

기수상작가 우수작

임 영 조

고도를 위하여 외

- 1945년 충남 보령 출생
- 서라벌예대 문예창작과 졸업
- 1970년 《월간문학》 신인상에 시
  〈출항〉 당선 및
  1971년 《중앙일보》 신춘문예에
  시 〈목수의 노래〉 당선, 등단
- 서라벌문학상 · 현대문학상 수상
- 시집 《바람이 남긴 은어》·《그림자를
  지우며》·《갈대는 배후가 없다》 등

고도(孤島)를 위하여

면벽 100일!
이제 알겠다, 내가 벽임을
들어올 문 없으니
나갈 문도 없는 벽
기대지 마라!
누구나 돌아서면 등이 벽이니

나도 그 섬에 가고 싶다
마음속 집도 절도 버리고
쥐도 새도 모르게 귀양 떠나듯
그 섬에 닿고 싶다

간 사람이 없으니
올 사람도 없는 섬
뜬구름 밀고 가는 바람이
혹시나 제 이름 부를까 싶어
가슴 늘 두근대는 절해고도(絶海孤島)여!

나도 그 섬에 가고 싶다
가서 동서남북 십리허에
해골 표지 그려진 금표비(禁標碑) 꽂고

한 십 년 나를 씻어 말리고 싶다

옷 벗고 마음 벗고
다시 한 십 년
볕으로 소금으로 절이고 나면
나도 사람 냄새 싹 가신 등신(等神)
눈으로 말하고
귀로 웃는 달마(達磨)가 될까?

그 뒤 어느 해일 높은 밤
슬쩍 체위(體位) 바꾸듯 그 섬 내쫓고
내가 대신 엎드려 용서를 빌고 나면
나도 세상과 먼 절벽 섬 될까?
한평생 모로 서서
웃음 참 묘하게 짓는 마애불(磨崖佛) 같은.

겨울 산행

눈 오다 그친 일요일
흰 방석 깔고 좌선하는 산(山)
아무리 불러도 내려오지 않으니
몸소 찾아갈 수밖에 딴 도리(道理) 없다
가까이 오를수록, 산은
그곳에 없다, 다만
소요하는 은자(隱者)의 처소로 남아
오랜 침묵으로 품(品)을 세울 뿐
어깨는 좁고 엉덩이만 큰 보살
도량이 워낙 넓고 깊으니
나무들은 제멋대로 뿌리를 박고
별의별 짐승까지 다 받아 주는
이승의 마지막 대자대비여!
뽀드득
뽀드득 잔설을 밟고
숨가쁘게 비탈길을 오르면
귀가 맑게 트이는 법열(法悅)이여!
잡목들이 받쳐든 푸른 하늘에
간간 수묵(水墨)을 치는 구름
눈짐 진 노송(老松)이 문득
잘 마른 화두(話頭) 하나 던지듯

옜다! 솔방울을 떨군다
덤불 속 멧새들이 화들짝 놀라
재잘재잘 산경(山經)을 읽는 소리
은유인지 풍자인지 아니면 해학인지
들어도 모를 난해 시 같다
(좌우간 정상에 있을 때 몸조심하고,
오를 때보다 내려갈 때
더욱 조심하도록)
귀뺨을 때리는 눈보라여!
단지 헝클어진 마음이나 빗으러
겨울 산을 오르는 나는
리얼리스트인가?
로맨티스트인가?
그것이 알고 싶어 산에 오른다.

여름 산행

더위 먹은 수캐처럼 헐떡거리며
내가 여름 산에 당도하니
산은 이미 막달 찬 임부였다
간밤에 내린 비로 뒷물 막 끝낸
서늘하고 향긋한 몸내
홀리듯 계곡으로 몸 들이민다
(그럼 이내 섹시한 허리 꿈틀
아무나 덥석 받아 줄줄 알았지?)
그러나 여름 산은 내색이 없다
까닭 없이 변심한 애인처럼
표정 참 냉랭하고 무겁다
(이 머쓱한 화상을 어디 감추지?)
예라, 웃통을 홀랑 벗고 내가 눕는다
누워서 산을 받는 이 쾌감!
왜 몰랐을꼬? 이 손쉬운 열락을
이 다음 나 세상 뜰 때도
옳거니, 무릎 치듯 문득 떠나리
내내 기척 없던 매미들
쑤왈쑤왈 범어로 염불하는
저 아래 으슥한 숲 속
조루증의 사내들 대여섯이

식은땀 뻘뻘 개고기를 뜯는다
나무아미타불! 비호같이 내려가
모조리 산 채로 어흥! 관세음보살!
여름 한낮 꿈이 비리다.

도꼬마리씨 하나

멀고 긴 산행길
어느덧 해도 저물어
이제 그만 돌아와 하루를 턴다
아찔한 벼랑을 지나
덤불 속 같은 세월에 할퀸
쓰라린 상흔과 기억을 턴다
그런데 가만! 이게 누구지?
아무리 털어도 떨어지지 않는
억센 가시손 하나
나의 남루한 바짓가랑이
한 자락 단단히 움켜쥐고 따라온
도꼬마리씨 하나
왜 하필 내게 붙어 왔을까?
내가 어디서 와서
어디로 가는지도 모르고
무작정 예까지 따라온 여자 같은
어디에 그만 안녕 떼어놓지 못하고
이러구러 함께 온 도꼬마리씨 같은
아내여, 내친 김에 그냥
갈 데까지 가보는 거다
서로가 서로에게 빛이 있다면

할부금 갚듯 정 주고 사는 거지 뭐
그리고 깨끗하게 늙는 일이다.

나비
— 곤충 채집

천하에 바람둥이
건들건들 봄바람 몰고 오네
아직도 백일몽에 취한 듯
어질어질 갈지자로 날아오네

오색 무늬 빛부신 금선(錦扇)
여봐란 듯 살랑살랑 흔들면
햇빛 가루 흩날리는 현기증
세상은 또 한차례 색(色)이 동(動)하네

저 황홀한 춤사위로
꽃입술 헤벌어진 산도화
싸리꽃 노린재꽃 엉겅퀴꽃 앵초꽃
일제히 손짓하며 발을 구르네
오빠! 오빠! 열광하는 십대들처럼

오, 기(氣)가 승한 풍객(風客)이여!
너는 천지간에 수(繡) 놓듯
소리 없는 박수로 이승을 소요하니
가난도 한낱 사치겠구나
어디에 머문들 정 두지 않고

훨훨 몸 자주 털고 가니
일생이 무겁지 않겠구나

저 눈부신 율동
그 어느 대목을 주목해야
마음 한결 헐거워질까?
삶 또한 부끄럽지 않을까?
어깻죽지 자꾸만 시큰거리네.

봄 산행

사람이 그리운 날
사람을 멀리하고 산에 오른다
오르면 오를수록 산봉은
짙푸른 색정(色情)만 상승하는 곳
색(色)이 공(空)일까? 공이 색일까?
이 세상 날고 기던 목숨들
종당에는 산으로 가기 마련
그러니까 등산은 사전 답사 같은 것?
인파 넘치는 관악산(冠岳山) 피해
매봉에 올라 야호! 고함 한 번 지르고
다시 청계산(淸鷄山) 올라 천공(天空)을 받는다
그제서야 법어(法語)로 돌아오는 메아리
네가 산이다! 네가 부처다!
떡갈나무 차일 친 오솔길 가노라면
찔레꽃이 하얀 지등(紙燈)을 켜고
자, 여기를 보세요!
때죽나무 꽃초롱 조리개 열고
일제히 터트리는 플래시 세례
〔우상(偶像)은 늘 외눈박이 편견들이 세웠다!〕
연초록물 번지는 잡목림 사이사이
버짐처럼 허옇게 핀 산벚꽃

색(色)이 넘치면 보는 눈도 가렵다
밤나무가 되려다 만 나도밤나무
아직도 숙제를 못해 왔는지
손 들고 벌 서는 아이처럼 멋쩍다
자꾸만 키들대는 제비꽃 무리
〔너희들도 신세대(新世代)니?〕
그러고 보니 어느새 나도
사람 벗은 한 마리 나비였구나
어느 경전(經典) 위에 앉아도 두렵지 않은……
뻐꾹새가 불현듯
내 마음 빈 터로 날아들어
뻐꾹뻐꾹 뻑뻐꾹 방점을 찍는다
이제 그만 환속하라고?

거미
— 곤충 채집

그물을 짠다
투명한 유혹의 은실을 풀어
끈끈한 욕망의 신경을 풀어
그물을 친다
씨줄과 날줄을 걸어
사방팔방 짜 늘인 레이스
경계가 삼엄한 레이더망이다
지난 과오를 줄줄이 실토하듯
감히 공중에 내건 죄가
저토록 길고 아름다울 줄이야
속셈이 교활한 자의 언어는 늘
현란하고 멋지고 향기롭다지?
그러니까 머리만 큰 짐승이 뱉어 낸
달변과 혀를 조심하도록
그건 대개 사람 잡는 덫이 아니면
어디서 슬쩍 해온 장물(贓物)이므로
저런! 그새 또 걸려들었군
오죽잖은 날개로 겁 없이 설치더니
그물에 걸려 바둥대는 날벌레
거봐, 내가 뭐랬어?
거미는 죽은 건 먹지 않는다니까

그렇다, 시상(詩想)도 역시
산 걸로 낚아야 제 맛이 난다
잡는 즉시 단단히 포박한 채
고문하듯 비틀고 뒤집고 까봐야 안다
실컷 두들겨 혐의가 풀린 다음
꼭꼭 씹어 먹어야 좋은 실이 뽑히듯
오늘도 나는 그물을 짠다
빈 방에 홀로 웅크린 거미처럼
은빛 투명한 그리움 풀어
막막한 허공에 그물을 친다
온 하루 날파리를 기다리다 지치면
내가 친 그물에 매달려
대롱대롱 그네나 타고, 때로는
가장 팽팽한 현(絃)을 골라
차이코프스키의 비창(悲愴)을 탄주한다.

지네

날 좀 보소오
나알 좀 보오소
고작 그 한 소절 보여 주려고
그렇게 긴 수다를 떨다니……
……………………………………
오, 수식어만 현란한 카퍼레이드여!
생은 왜 한 줄로 요약되지 않는가?
오, 징그러운 말줄임표여!
가려운 등이나 긁어 다오
땅 짚고 장단이나 쳐 다오
설렁설렁 짝짝짝
어! 지네가 또 나오네
횡설수설 말만 많고
내용이 별로 없는 산문시처럼.

시 읽기 · 1

아니, 이게 얼마 만인가?

술잔 마주 들어 쨍!

그래 그래 다시 한 번 쨍!

잔 부딪는 소리 같은 시(詩) 한 편

반갑게 재미있게 가슴 찡하게

참 오래 남는 숙취(宿醉)여!

익명의 스냅

봄소풍 나온
할머니들 대여섯이
오순도순 화투를 친다
손주 같은 햇살이 아장아장
걸음마를 배우는 잔디밭에서
노년(老年)을 말리듯 화투를 친다
이미 색 바랜 광(光)과 남은 소망을
한 장씩 탁탁 던지고 나면
왠지 허전하고 저린 손이여
못내 아쉽고 덧없는 세월이여
송학(松鶴)이 앉았다 날아간 자리에
매화가 피고 지고
객혈하듯 벚꽃이 흥건한 방석
때아닌 국화, 철 이른 모란 난초
덩달아 피고 지는 화무십일홍(花無十日紅)
하느님도 구경하기 심심하신지
싸리순을 짐짓 내미는 봄날
이런 날은 더 이상
보탤 것도 뺄 것도 없는
단순한 기쁨이 좋다
익명의 스냅이 좋다.

갈대는 배후가 없다

청량한 가을볕에
피를 말린다
소슬한 바람으로
살을 말린다

비천한 습지에 뿌리를 박고
푸른 날을 세우고 가슴 설레던
고뇌와 욕정과 분노에 떨던
젊은 날의 속된 꿈을 말린다
비로소 철이 들어 선문(禪門)에 들 듯
젖은 몸을 말리고 속을 비운다

말리면 말린 만큼 편하고
비우면 비운 만큼 선명해지는
〈홀가분한 존재의 가벼움〉
성성한 백발이 더욱 빛나는
저 꼿꼿한 노후(老後)여!

갈대는 갈대가 배경일 뿐
배후가 없다, 다만
끼리끼리 시린 몸을 기댄 채

집단으로 항거하다 따로따로 흩어질
반골(反骨)의 동지(同志)가 있을 뿐
갈대는 갈 데도 없다

그리하여 이 가을
볕으로 바람으로
피를 말린다
몸을 말린다
홀가분한 존재의 탈속을 위해.

성냥

아무도 모른다
그들이 출옥하면 또
무슨 일을 저지를지
도무지 알 수 없는 존재다

오랜 연금으로
흰 뼈만 앙상한 체구에
표정까지 굳어 버린 돌대가리들
언제나 남의 손끝에 잡혀
머리부터 돌진하는 하수인(下手人)이다

어둠 속에 갇히면
누구나 오히려 대범해지듯
저마다 뜨거운 적의(敵意)를 품고 있어
언제든 부딪치면 당장
분신(焚身)을 각오한 요시찰 인물들

〔주목받고 싶은 자(者)의
가장 절실한 믿음은
최후의 만용일까?
의외의 죽음일까?〕

그들은 지금 숨을 죽인 채
어두운 관(棺) 속에 누워 있지만
한순간 화려하게 데뷔할
절호의 찬스를 노리고 있다
빛나는 출세(出世)를 꿈꾸고 있다.

환절기

밖에는 지금
건조한 바람이 불고
젖은 빨래가 소문 없이 말랐다
생나무가 마르고 산이 마르고
도시의 관절이 삐걱거렸다

사람들은 늘 갈증이 심해
내뱉는 말끝마다 먼지가 났다
가슴이 마르니까 눈만 커진 채
안부를 물어도 딴전이나 부리며
저마다 귀를 빨리 닫았다

저 멀리 좌정한 산이
어깨를 들썩이며 기침을 하자
온 마을엔 별의별 풍문이 나돌고
긴장한 나무들은 손을 들고 떨었다

세상은 이제
누군가 불만 댕기면
활활 타버릴 인화성 물질
건조주의보가 내려진 날은

단 한 방울 눈물도 보이지 말고
자나 깨나 불조심
오나 가나 입조심
어쨌거나 요즘은 환절기니까.

나무의 사계(四季)

다시 봄 기운이 돌면서
전신(全身)에 물이 오른 나무는
기죽었던 뿌리에 힘을 가한다

얼었다 풀리는 대지(大地)
그 부드러운 흙 속으로 살며시
더 깊게 더 힘껏 뻗으며
또 다른 나무와 맨살로 만나
내밀한 사랑을 교감하더니

오랜만에 맛보는 자양(滋養)
그 짜릿한 희열에 들떠
가지마다 파릇파릇 소름이 돋고
마침내 참았던 홍조(紅潮)가 핀다

뿌리는 더욱 굵어지면서
달아오른 격정을 참지 못하고
땀을 뻘뻘 흘리는 클라이맥스
아무래도 남 보이기 민망해
무성한 신록으로 온몸을 가려 보는
성하(盛夏)의 정사(情事)

어느새 가을 바람 부는데
아직도 활활 타는 색신(色身)과
황홀한 쾌감에 젖은 잎들이
빨갛게 상기된 채
지상으로 우수수 투신한다

이제 완전히 탈진한 나무는
항복하듯 손 들고 오한에 떤다
식음도 전폐하고 벌거벗은 채
깊고 긴 겨울잠을 청한다
삭풍이 난폭하게 흔들다 가도
도무지 깨어날 줄 모르고.

리모콘

저격을 꿈꾼다
가장 편한 자세로
앉거나 서서 또는 누워서
증오의 화상을 처치하는 꿈
귀신도 곡할 범죄를 꿈꾼다
잠시 숨을 멈추고
긴장을 풀고
일격필살을 노리는
복수의 버튼만 살짝 누르면
세상은 전혀 딴판으로 바뀌고
놈은 쥐도 새도 모르게
눈앞에서 썩 사라지겠지
외마디 비명은커녕
피 한 방울 남기지 않고
행적은 묘연한 채
별의별 소문만 분분하겠지
물증은 없고 심증만 가는
이 시대의 테러리스트
언제나 깨어 있는 눈으로
완전무결한 단죄를 꿈꾼다.

12월

올 데까지 왔구나
막다른 골목
피곤한 사나이가 홀로 서 있다

훤칠한 키에 창백한 얼굴
이따금 무엇엔가 쫓기듯
시계를 자주 보는 사나이
외투깃을 세우며 서성거린다

꽁꽁 얼어붙은 천지엔
하얀 자막처럼 눈이 내리고
허둥지둥 막을 내린 드라마
올해도 나는 단역이었지
뼈빠지게 일하고 세금 잘 내는

뒤돌아보지 말자
더러는 잊고
더러는 여기까지 함께 온
사랑이며 증오는
이쯤에서 매듭을 짓자

새로운 출발을 위해
입김을 불며 얼룩을 닦듯
온갖 애증을 지우고 가자
이 춥고 긴 여백 위에
이만 총총 마침표 찍고.

파도

또 시작한다
멀리서 무언가 모의하던
야성의 사내들이
알몸으로 퍼렇게 발기(勃起)한다

수천 수만 횡대로
스크럼을 짜고 허옇게 달려든다
(자유가 아니면 죽음을 달라)
물 맑은 함성으로 격돌하다가
이내 부서져 수포(水泡)로 돌아간다

다시 모여 시작한다
절벽은 여전히 끄떡없는데
사무치는 그리움 하나로
온몸을 내던지는 사생결단

어쩌자고 그들은 늘
하릴없는 절망과 대결하고 사는가
스스로 소멸하는 눈먼 사랑은
오히려 깨끗해서 좋구나

그렇다,
아무튼 부딪치고 볼 일이다
우리네 사는 일도 그와 같다면
당당히 대결하고 끝장을 보듯
슬픔은 모두 깨놓고 살 일이다
뇌관처럼 뜨거운 가슴이라면.

백자송(白磁頌)

가진 것 다 내주고
정말 사심(私心) 없으면
늙어서도 저렇게 빛이 나는가

언제나 텅 빈 가슴으로
더 이상 바랄 것이 없어서
이승의 시름까지 하늘에 닿고
희다못해 푸르른 영혼을 본다

본래 두메에서 태어나
늘 당하고도 말없이 살아온
관심 밖 한줌 신분이기로
그래서 누구나 밟고 가는 흙이었기로
너의 눈부신 출세(出世)를 믿을 수가 없구나

어느 날 문득 임자를 잘 만나
하얀 속살로 환생한 너는
아직도 만삭의 몸을 풀지 못하고
온갖 그리움만 잉태한
차고 흰 만월로 떠 있었구나

살아 생전 가진 것 다 내주고
퍼낼 것 다 퍼내고
가장 속 깊은 사랑을 연옥에 던져
영원한 색깔로 다시 태어난
이조(李朝)의 한 여인, 그 슬픈 내생을
쟁쟁(錚錚) 울리는 속살을 본다.

허수아비의 춤 · 2
— 베틀송(頌)

지금도 고향에 가면
이승에서 끊어진 세월을 잇는
어머니의 베틀 소리 들린다

풍천 임씨 가문과
광산 김씨 가문이
한 필의 인연으로 짜이는
어머니의 고단한 베틀 소리 들린다

내 가난한 유년의 꿈이
씨줄과 날줄로 촘촘히 직조되는
그 질긴 모정의 베틀 곁에서
나는 늘 허기진 불씨로 눈떠
구구단을 외우고 일기를 썼다

이일은 이, 이이는 사, 이삼은 육……
구단까지 외우고 다시 외워도
눈물에 젖은 어머니의 실꾸리는
어두운 북 속에서 더디 풀리고

나의 일기장을 적시던

뜨거운 모음(母音)과 슬픈 자음(子音)은
한 소절씩 밤하늘로 날아가
가장 추운 별이 되어 떨다가
더러는 한 마리 새가 되어 울었다

이 다음 내가 다 크면
나의 남루를 모두 기워서
어둠을 적시는 달이 되고 싶었다

그러나 나는 끝내 아무것도 못 되고
어릴 적 아픈 가락 다시 뽑는
빈 가슴 구멍난 피리로 흐느낀다

내 나이 벌써 사십줄
누가 나를 여기까지 데려왔을까
이젠 너무 멀리 떠나와
되돌아갈 길조차 막막한 나이

그래도 고향에 가면
이승에서 끊어진 세월을 잇는
어머니의 은은한 베틀 소리 듣는다.

목수(木手)의 노래

다시 톱질을 한다
언젠가 잘려 나간 손마디
그 아픈 순간의 기억을 잊고
나는 다시 톱질을 한다
일상의 고단한 동작에서도
이빨을 번뜩이며, 나의 톱은 정확해
허약한 시대의 급소(急所)를 찌르며
당당히 전진하고 살아오는 자(者)
햇살은 아직 구름깃에 갇혀 있고
차고 흰 소문처럼 눈이 오는 날
나는 먼지 낀 창가에 서서
원목(原木)의 마른 내력을 켜고
갖가지의 실책(失策)을 다듬고 있다
자네는 아는가,
대낮에도 허물어진 목수들의 날림 탑
그때 우리들 피부 위를 적시던
뜨거운 모정의 긴긴 탄식을,
그러나 도처에 숨어 사는 기교(技巧)는
날마다 허기진 대팻날에 깎여서
설익은 요령(要領)들만 빤질빤질하거든
밖에는 지금

집집이 제 무게로 꺼져 가는 밤,
한밤내 눈은 내리고
드디어 찬 방석에 물러 앉은 산
내 꿈의 거대한 산이
흰 무덤에 얼굴을 파묻고 운다
죽은 목수의 기침 소리 들리는
깊은 잠의 숲 속을 지나, 나는
몇 개의 차디찬 예감
새로 얻은 몸살로 새벽잠을 설치고
문득 고쳐 잡는 톱날에
동상(凍傷)의 하루는 잘려 나간다
잘려 나간 시간의 아픈 빛살이
집합하는 주소에 내 목이 뜬다
온갖 바람의 멀미 속에서
나의 뼈는 견고한 백랍(白鑞)이고
머리카락 올올이 성에가 희다
저마다 손발이 짧아
나누는 눈인사에 눈을 찔리며
바쁘게 드나드는 이 겨울
또 어디에선가
목수들은 자르고 있다

관절 마디마디 서걱이는 겨울을
모색(摸索)의 손끝에 쥐어지는
가장 신선한 꿈의 골격(骨格)을
나도 함께 자르고 있다
언젠가 잘려 나간 손마디
그 아픈 순간의 기억을 잊고
나는 다시 톱질을 한다.

강은교

천 개의 허들을 위한
노래 · 제1곡 외

- 1945년 서울 출생
- 연세대 영문과 및 동 대학원
  국문과 졸업
- 1968년 《사상계》 신인문학상에
  시 〈순례자의 잠〉 당선, 등단
- 한국문학상 · 현대문학상 수상
- 시집 《풀잎》·《빈자일기》·《허무집》·
  《소리집》·《그대는 깊디깊은 강》·
  《우리가 물이 되어》·《벽속의 편지》·
  《붉은 강》 등

천 개의 혀들을 위한 노래 · 제1곡
—희망에 대해서

지상에서
가장
큰
유혹*
너의 입을 찾아서
너의 눈썹이 흔드는
공허를 찾아서

일어서게 해다오,
소리치는
천 개의 혀들의 뿌리 누운
여기.

---

* 니코스 카잔차키스(Nikos Kazantzakis), 《영혼이여 불꽃이여(The Saviors of God)》 중에서. 「모든 것 중 가장 큰, 최후의 유혹인 희망을」(강은교 역).

천 개의 혀들을 위한 노래 · 제2곡
—낯선 도시에서의 오후

—마셔라, 마셔라, 저 빛을

그 계단을 올라갔을 때
창가의 자리는 비어 있었다.
아직 떠나지 않은 아이들은 소파에 앉아
모자를 돌리고 있었고
바람 불어 있는 천장에는 햇빛 몇 가락이 들어와 놀고
있었다.
한 구석에서 절망과 희망이 일어섰다.
그 넓고 깊은 손을 허공을 향해 구름처럼 흔들었다.

빛의 주스가 배달되어 왔다.
—마셔라, 마셔라, 저 빛을

주스 속에서 야윈 골목 하나가 튀어나왔다.
우리는 통신할 수 없어! 야윈 골목의 외침.

우리는 사랑할 수 없어!—휘돌던 모자의 외침.
알록달록한 유리잔에서 희망과 절망이 폭포처럼 떨어지
는 오후

—마셔라, 마셔라, 저 빛을

희망의 붉은 손이 허공의 옷깃을 꽉— 붙들고 있었다.

천 개의 혀들을 위한 노래 · 제 3 곡
—어머니 곁으로

저물녘에 우리는 가장 다정해진다.

저물녘에 나뭇잎들은 가장 따뜻해지고

저물녘에 물 위의 집들은 가장 따뜻한 불을 켜기 시작
한다.

저물녘을 걷고 있는 이들이여

저물녘에는 그대의 어머니가 그대를 기다리리라.

저물녘에 그대는 가장 따뜻한 편지 한 장 들고

저물녘에 그대는 그 편지를 물의 우체국에서 부치리라.

저물녘에는 그림자를 접고

가장 따뜻한 물의 이불을 펴리라.

모든 밤을 끌고

어머니 곁에서.

천 개의 혀들을 위한 노래 · 제4곡
—금오산

어디서 모르는 이의 울음이 자꾸 들려 오고 있다.
이 넓은 세상 어디에서 그대와 그대가 부르고 있다.
그대와 그대가 그리로 들어간다.
흔들리며, 흔들리며
추억과 욕망을 뒤섞어 흔들리며
허공의 따뜻한 뿌리 그림자
오늘도 젖어서 누운 곳으로.

천 개의 혀들을 위한 노래 · 제5곡
—낡은 배

맞은편 섬을 온통 구름이 덮어 버렸다.
낡은 배가 구름 안을 멈칫멈칫 들여다보고 있었다.
팔을 내밀었다.
한 떼의 그림자들이 구름 밖으로 달려 나왔다.

그림자들의 짧은 팔이 수평선을 껴안았다.
한 움큼 안개가 안겨 왔다.

그림자들의 짧은 팔이 낡은 배를 껴안았다.
낡은 배가 비명을 질렀다.
비명 소리가 수평선을 넘어갔다.

그림자들의 짧은 팔이 구름 밖의 구름에 작살을 던졌다.
그림자들의 짧은 팔이 수평선의 허리에 그물을 던졌다.

오, 저녁이 되기 전에
그림자들의 짧은 팔은 녹아 버렸다.
내 팔도 녹아 버렸다.

만나면서 헤어지는 모든 길들 앞에서
만나면서 헤어지는 모든 거품들 앞에서

맞은편 섬을 온통 구름이 덮어 버렸다.
낡은 배가 구름 안을 멈칫멈칫 들여다보고 있었다.

너를 찾아
― 비리데기, 가장 일찍 버려진 자이며 가장 깊이 잊혀
   진 자, 노래하다

너를 찾아
천리사방
바람들은 우수수 닫히고 있다.
늑대 한 마리 허연 이를 내밀고 엎드려 있다.
인간의 집들은 밥풀처럼 늑대 잔등에 걸려 있다.
저 침묵하는 주름진 함성을 보아라
땅 위의 모든 육체들은
제 그림자들을 꺼내어
구름밭에 기대어 있구나.
저마다 추억의 거울을 꺼내 들고
호호 입김 불며 닦고 있구나.
여기, 받쳐들 안개도 없는 여기
한 개의 추락이 다른 한 개의 추락을 기다리는
여기

너를 찾아
추락하는 따스한 빛 사이
닫힌 바람들 우수수 일어서고 있을 때

어떤 흐린 날
― 비리데기, 가장 일찍 버려진 자이며 가장 깊이 잊혀
진 자, 노래하다

　바람이 얼룩진 접시 위, 물고기 한 마리 누워 있다, 그
것의 살은 다 파헤쳐져 있었으며 잘게 잘게 저며져 있었
다, 이런 시간이 오기를 기다려 온 그것의 눈은 한껏 크
게 벌리고 창 밖의 어둠을 빨아들이고 있었다, 오늘 저녁
은 따뜻하죠?라든가……라든가……들을 다 알고 있다
는 듯이 가끔씩 푸들푸들 경련하며, 어느 한때 분명 바다
밑을 헤엄쳤을 그것, 어느 한때 분명 모래 속을 파보았을
그것, 어느 한때 분명 물풀에게 사랑을 속삭였을 그것의
푸른, 시간이 얼마쯤 지나자 주방 아주머니가 들어와 그
것의 너덜거리는 뼈를 꺼내어 흔들며 바람 속으로 사라진
다, 세상에 그림자 없는 것들은 없어, 「이 물고기는 매운
탕을 끓여야 합니다……」 아무도 흥미를 보이지 않는다,
아직도 푸들거린담, 아주머니는 긴 뼈를 귀찮게 흔든다,
「대가리는 매운탕에 넣어」, 고동색의 점잖은 빛, 바람 소
리에나 귀기울일 것을, 우리의 다리는 이제 너무 힘이 없
어, 갑자기 접시 위에 눈물이 흐른다,

　아주머니의 손에 떠메어 나가는 물고기의 뼈와 둥글고
울퉁불퉁한 대가리에 쓰러져 누워 질질 끌려 나가는 지느
러미, 물고기의 눈이 뒤를 돌아본다, 바람벽 같은 상 위
에 지느러미가 검은 돛폭처럼 휘돈다, 놀란 이들이 뼈만

남은 팔목의 시계를 바라본다,

삶은 얼마나 가혹한가
햇빛은 얼마나 뜻없는가

물에는 산들이
—비리데기, 가장 일찍 버려진 자이며 가장 깊이 잊혀
진 자, 노래하다

길을 물어물어 갔다, '펌프리(里)'라고 하였다, 황혼이
었다, 나는 펌프질하는 산을 생각했다, 나뭇잎들도 펌프
질하고, 길도 펌프질하고, 시간도 펌프질하고⋯⋯산 것
들은 모두 펌프질하는 그곳, 눈매 붉은 구름이 주위를 두
리번거리고 있었다, 풀뿌리들이 느릿느릿 흙을 떠받들며
나오고 있었다,
　시침(時針)들이 모여 달아나는 초침(秒針)들에게 소리
소리 지르고 있었다, '본포리(里)'라는 팻말이 보였다, 흑
두루미 한 마리가 저수지 속 마른 나뭇등걸에서 쉬고 있
는 중이었다, 흑두루미의 날개가 눈매 붉은 구름을 부드
러운 제 깃털 속에 넣고 있었다, 바람이 자꾸 그 속으로
들어가려 하고 있었다.

　물에는 산들이 비치고 있었다, (물것들 중에 그림자 없
는 것이 있으랴)⋯⋯산들은 그러면서 물 위에 자기를 내
려놓고 있었다, 나도 나를 내려놓기로 했다, 점점 산 그
림자가 짙어지고 있었다, 아무도 그림자를 막지는 못하리
⋯⋯우리는 그림자를 들고 그곳을 떠났다, 흑두루미가
흑두루미의 그림자를 접을 때, 풀뿌리들이 풀뿌리들의 그
림자를 접을 때.

너를 사랑한다.

비

—비리데기, 가장 일찍 버려진 자이며 가장 깊이 잊혀
진 자, 노래하다

그날은 아마도 비가 내렸지, 수고하며 짐진 자들아, 내
게로 오라, 은빛 빗방울들이 지상을 향하여 몸을 던지고
있었어, 가슴속까지 비에 젖으며, 우리는 그 오솔길로 올
라가고 있었지, 십자가를 든 신부와 세 딸과 어린 한 아
들, 길은 길게 질퍽거렸어, 풀들이 비를 맞으며 몸을 뒤
틀고 있었어, 삽살개 한 마리 앞으로 뛰어가고 있었어,
길은 두 갈래, 언제나 길은 두 갈래인걸, 엷은 안개가 길
목에 서 있다가 일행에게 인사했어, 오솔길이 주위를 두
리번거리다 드디어 울음을 터뜨리며 주저앉았어, 일행은
울었다네, 눈물이 저 오솔길을 구해 주리라고 생각하면
서, 신부님이 중얼거렸네, 수고하며 짐진 자들아 내게로
오라

흰 날개 펄럭이며
아버지, 먼 언덕 위에
길을 짧게 하시며 서 계셨다네.

가을

기쁨을 따라갔네
작은 오두막이었네
슬픔과 둘이 살고 있었네
슬픔이 집을 비울 때는 기쁨이 집을 지킨다고 하였네
어느 하루 찬 바람 불던 날 살짝 가보았네
작은 마당에는 붉은 감 매달린 나무 한 그루 서성서성
눈물을 줍고 있었고
뒤에 있던 산, 날개를 펴고 있었네

산이 말했네

어서 가보게, 그대의 집으로……

김 혜 순

잉카 통신 외

- 1955년 경북 울진 출생
- 건국대 국문과 및 동 대학원 박사 과정 수료
- 1978년 《동아일보》 신춘문예에 문학평론 부문 입선
- 1979년 《문학과 지성》에 시 〈담배를 피우는 시체〉 등 발표, 등단
- 시집 《또 다른 별에서》 · 《아버지가 세운 허수아비》 · 《어느 별의 지옥》 · 《우리들의 음화(陰畵)》 · 《나의 우파니샤드, 서울》 등

잉카 통신

산정의 신전에서 태양의 축제가 있는 날이었다
나는 스페인 귀족의 집을 개조해서 만든
리베르따도르 호텔 2층 방 테라스에서
올해 처음의 동짓[冬至]날, 태양을 바라보았다
그리고 내가 두고 온 나라 그 나라엔 지금
태양이 없겠구나 밤이겠구나 생각했다
잉카의 모든 돌들이 오늘의 태양이
떠오르는 곳과 각도를 맞추고
안데스 산맥 깊이 숨은 모든 콘돌 새들이 그곳을 향해
기하학적으로 각도를 맞춰 머리를 조아리는 날
나는 내가 두고 온 나라의 머언 밤에게
안녕, 눈을 감고 귓속말로 인사했다
그 머언먼 밤이 내 마음속 어딘가를
쇠못으로 긁고 있는지 몸 속 멀리
어딘가가 몹시 아렸다
나는 또 잉카의 태양신에게도
오늘 서울은 하지(夏至), 내가 떠나온 나라는
이제부터 밤이 길어지고 날은 더워진다고 알려 주었다
그곳엔 밤보다 더 어둡고 여름의 태양보다 더 뜨거운
내 마음이 어느 마음과 얽혀 녹고 있다고도
말해 주려다 그만두었다

허리를 굽히고 내려다보자
머리를 양갈래로 땋고 색동 판초를 짜입은
잉카의 여인들이 아이를 업고 지나갔다
그 속에서 검정 남바위를 쓴 소년이 내게 손을 내밀었다
푸른 돌 목걸이가 겨울 햇빛에 반짝
솟아올랐다 두유 해브 머니?
태양의 축제는 해발 4,000미터 산정의 삭사이와망 신전
에서 있었다
안데스 산맥 정상을 기어오른 차들이
신전 앞으로 모여들었다 자동차들은 놀랍게도
내가 두고 온 나라에서 온 중고차들이었다
봉고차들의 뒤엔 생선회 전문 배달 ***-****,
붉은 글씨로 내 탓이오, 혹은 안식교회라고 쓴
한글이 지워지지 않은 채 그대로 붙어 있었다
여기서부터 수직으로 파들어간 지구 반대쪽
바닷가 낮은 마을에서 태어난 나는 머리가
아팠다 머리가 흩어져 저 산맥 아래로
흩어져 버릴 것만 같았다 고지 부적응증이라 했다
천년 전의 겨울로 떠밀려 올려진 나는
천년 후의 여름 같은 그대를 품고
몸이 아렸다 계속 머리가 갈라지고 그대가

그 갈라진 틈으로 튀어나올 것만 같았다
천년의 시간은 산정의 요새에서 한 점도
흐르지 못하고 그대로 고여 있었고
그들의 신은 여전히 공중을 운행중이었다
그들은 라마의 심장을 갈라 신에게 흔들었다
내 젖은 털뭉치 심장이 태양에게 안녕, 인사했다

저녁이 되자 오늘부터 짧아지는 어둠이
광장에 물결쳤다
여자들은 골목골목 돌난간 위에다
천년 전 그날처럼 치마를 걷지 않은 채 어둠을 향해
오줌을 누었다
나는 광장을 싸돌아 다니며
내가 떠나온 나라에서 지금 마악 떠오르기 시작하는
태양처럼 뜨거운 그대를 품고
마음도 없는 몸을 뜨겁게 흔들며 걸었다
고대의 저녁이 깊어 가고 있었다
그대와 나 사이엔 밤과 낮, 여름과 겨울이
천년의 시간처럼 가로놓여 있었다
나는 겨울 밤에 편지를 쓰고
너는 여름 한낮에 그걸 읽을 것이다

광장의 시장에서 나는 미이라 인형을 골랐다
오줌을 다 눈 동지(冬至)의 여자들이
어둠 속에서 하지(夏至)의 나라를 품은
내 주머니 속으로 차가운 손가락을 들이밀었고
나는 날렵한 자본주의 문명의 손으로
바구니에 든 아기 미이라를 들어올렸다
「그대의 죽은 아기는 여기 이렇게 몸을 말려
바구니에 넣어 두었어요」
나는 천년 후의 그대에게 소리쳤다

이튿날 아침 저 멀리 내 마음의 여름 나라를
단단히 달구고 달려온 태양이
다시 겨울의 시린 태양으로 솟아올랐다
밤새도록 축제의 밤을 지난 잉카의 여자들은
네 겹의 치마를 입은 채 미이라처럼 잠들어 있었고
서울 거리를 누비던 중고차처럼
시간을 구걸하러 온
문명의 손은 미이라 아기를 가방 속에 넣고
천년 전의 나라를 떠났다
누덕누덕 기운 몸을 놀려 잉카의 여자들을 유혹해
천년 전의 시간 속에 아직도 가두어 두었던

안데스 산맥이 해어진 소매를 들어
안녕, 인사했다
나도 향수 바른 손을 들어 산맥 위 시간의 요새까지 파
고든
키 작은 까마귀떼에게 안녕, 인사했다
그리고 지금부터 밤이 길어지는 나라
천년 후의 그대가 잠들어 한없이 달구어지고 있는
내 마음속을 향해 비행기를 타고 떠났다
미이라 아기를 가방 속에 품은 채.

달

텅 빈 운동장에
나 혼자 공을 치고 있다
밤바람의 발자국이 나뭇잎 한 닢 한 닢
그리고 또 한 닢
일일이
디뎌 주고 있을 때
텅 빈 운동장에
공 치는 소리
텅 텅 울리고 있다

나 빠져 나간 너를
텅
텅
나는 공을 던져 그물 바스켓 속에,
너를 던져
높이!

너는 내가 입김 불어 넣어 만든 허방이었나?

아니면 너는 저 바람을 뭉쳐 한 겹
가죽으로 팽팽하게 당긴 그런 얼굴이었나?

내 안엔 내장이 꽉 찼지만
네 안은 허방이구나
내 밖은 구멍 숭숭 뚫려 바람 일일이 드나들지만
네 얼굴 몹시 단단하구나
나 이렇듯 꽉 찬 내부로 필멸(必滅)할 것이지만
너는 텅 비어 잘도 튀어 오르는구나

나 오늘 밤
헛되이
네 얼굴
공중에 묶어 두려고 이렇듯
텅 텅 공을 친다
내 안의 허방을 꺼내어
밤새도록 튀어 오른다

공을 던져 올리면 바람도 나를 던져 올리나?
바람이 나를 던져 올려
텅 텅 칠 때마다
구멍 난 내 얼굴 가죽도
팽팽히
당겨지는 것 같다

오호, 그렇다면 나도 그 누가 입김 불어 만든,
그런 허방의 얼굴이었나?

텅 빈 밤하늘에서
누군가 달을 손바닥으로 치는 소리
텅 텅 울린다

마흔

   1
나는 저녁 일곱 시로 간다
일곱 시가 거기에 있는 한
나는 저녁 일곱 시로 간다
내가 저녁 일곱 시로 가는 한
걸어가면서 내가 마시고 던져 버린
자판기의 종이 컵도 저녁 일곱 시로 간다
저녁 일곱 시로 가려면
지하 계단을 내려가야 하고
저녁 일곱 시는 벌써 거기 와 있다고 하지만
그가 날 맞으러 오는 법은 없다
가면서도 나는 일곱 시를 기다리는 중이고
기다림은 언제나 나를 떨리게 해
가다 말고 나는 가로수 이파리 하나 뜯어 입에 문다
가면서 나는 일곱 시가 맞아 주는 문, 그가 앉은 의자
그 의자에서 피어 오르는 연기를 생각한다

   2
눈물도 이젠 방울방울 보석처럼 떨어지지 않고
바보같이 얼굴에 번지다 스며 버린다

이 밤, 전선줄은 발전소의 큰 힘을 빛으로 만들어
우리 집, 내 부엌까지 힘차게 달려오고
천오백 년 전에 폭발해 버린 별빛이
이제 내 창가에서 비로소 반짝이는데
인공위성에서도 보인다는
오징어 집어등 불빛 환한 바다에서
그 불빛에 이끌리다 잡혀져
여기 당도해 내 손에서 살을 찢기는
오징어처럼
먼먼 기억 속의 불빛인
너마저도 이렇게 내 손 안에서
죽죽 찢어진다
사랑도 이젠 새로 돋는 핏방울처럼
내 가슴속에서 바알갛게 튀어 오르지 않고
감기 몸살처럼 시린 불빛으로 왔다
바보같이
가슴에 번지다 스며 버린다

　3
저녁 일곱 시는 나더러 아홉 시로 가라 한다
아홉 시가 어디엔가 있는 한

나는 또 아홉 시로 떠나야 한다
아홉 시로 가려면 맥주 마신 몸을 추스려야 하고
나는 또 떠나면서 금방 아홉 시를 기다려야 한다
이젠 슬픔도 새로 돋은 녹처럼 달지 않고
시큼한 냄새만 풍긴다
그래도 나는 아홉 시로 가면서
빈 택시를 향해 아홉 시, 아홉 시 손을 흔든다
밤 아홉 시로 가려면 택시를 타야 하고
밤 아홉 시는 벌써 어디엔가 와 있다 하고
아홉 시를 맞으러 떠나면서도
나는 또 아홉 시를 기다리고
그 문 앞에 당도하기도 전에
아침 일곱 시를 훔쳐본다

횡단보도 앞 신호 대기로 택시가 멈춘다
한 떼의 나팔꽃들이 만개한 채
길을 건너간다
반바지를 입고 아이스크림을 빨면서
나는 그만 타고 있는 차를 발차하고 싶다
저 내세의 아침 일곱 시의 꽃밭 짓뭉개고 싶다
질투심 많은 여편네처럼 내 머리칼들이

밤바람도 안 부는데 저 혼자서 우우우 일어서 운다

블라인드 쳐진 방 · 1

블라인드 쳐진 창 아래 둘이 앉아 있다
설탕을 나르던 스푼이 잠깐 흔들리고
군청색 보자기 덮인 탁자 위로 설탕이 쏟아진다
밤하늘 납작한 은하수처럼

블라인드 쳐진 방은 두 손바닥으로 납작하게
누를 수 있다 이 책엔 블라인드
쳐진 방이 양면에 걸쳐 실려 있다
왼쪽 페이지 상단에 볼펜으로 점을
하나 찍고 그 못에 벗은 옷을 갖다 건다
나 혼자만 드나들던 옷이 거기 걸려 있다
그곳으로부터 금을 그어 나와 오른쪽
페이지에 닿게 하고 또 거기에 무엇을 걸까
머리가 빠진 모자가 바람도 안 부는데
책장 앞에서 흔들거린다
또, 왼쪽과 오른쪽 페이지에 걸쳐 있는
마룻바닥에 알 수 없는 동그란 점을 하나 찍어 본다
그 점이 거기 있으므로 왠지 빈 방에 구멍 뚫린 듯하다
바늘 구멍에 황소 바람 들어온다

커피잔을 들어올리던 손이 흔들리고

오른쪽 페이지 하단 쪽으로 커피가 쏟아진다
블라인드 쳐진 방이 뜨겁게 젖는다
벽 위에서 뜨거운 커피가 줄줄 쏟아져 내려오다
내 머리칼을 다 적신다

블라인드 쳐진 방 · 2

형광등 불빛을 받은 어항 여덟이 긴 나무 탁자 둘레를
빙 둘러싸고 놓여 있다
고개를 돌릴 때마다 어항들이 불빛을 받아 번쩍번쩍
한다
난 크리스탈이야 한 어항의 빛이 여덟 갈래로 흩어진다
이 토론에서 그는 언제나 주도적이다
의자 뒤에 붙은 등받이, 그 등받이 높이 매달린 어항
내 바로 앞 어항의 붕어 두 마리는 붉게 충혈돼 있다
그러나 그 붕어의 눈동자 둘은 흰 재 앉은 듯 흐릿하다
늦게 도착한 어항이 빈자리를 찾아 두리번거리자 흰 재
앉은 눈동자가 조금 커졌다 이내 다시 반쯤 감겨진다
저쪽 대각선 그어서 반대편 쪽 등받이 앞에서
무료한 손이 나와 파란 연필로 탁자를 탁탁 친다
그러다 그 어항에서 붕어 두 마리가 떨어진다
비린내가 훅 끼친다 나만 그 비린내에 몸서리치나
붕어 두 마리가 탁자 중간에서 헤엄을 멈춘다
내 어항의 붕어 두 마리도 그곳쯤에서 멈춘다 둘의 시
선이 탁자의 중간 이상을 넘어가지 않는다
붕어 네 마리가 탁자 중간을 더듬고 있다
몸을 떠난 붕어 네 마리가 탁자 중간에서 물이 없어요
퍼드덕거리다 이내 잠잠하다

휘발성 붕어! 두 사람의 시선이 황급히 거두어진다

토론의 진행자가 잠시 침을 삼키는 사이 안경 속의 붕어를 빛내며 한 어항이 뻣뻣해진다 그 어항이 외친다

그는 그 상황에서 왜 미리 자살하지 않았을까요 낡은 트렁크처럼 목숨을 질질 끌고 그 스페인 국경 산중까지 가야만 했을까요 나 같으면 미리 죽어 버렸을 것 같아요

우리는 서로의 어항을 돌린다 어쩌다 붕어 네 마리가 마주친다

잠시 후 저쪽 대각선 그어서 반대쪽 등받이 앞에서 파란 연필을 놓은 오른손이 올라와 어항의 밑바닥을 받친다

기울어진 어항의 물이 자칫 쏟아질 것만 같다

검은 머리칼 다발이 출렁 하고, 안경이 콧등까지 미끄러진다

어항의 뺨 위로 보이지 않는 두 줄기 물이 흘러내린다

붕어 두 마리 감겨지고 물 새는 어항이 더 숙여진다 위태하다

블라인드 쳐진 방·3

하얀 블라인드 쳐진 방안, 문을 열고 들어가 가방을 던지자 방안 가득 눈이 쌓여 있는 것이 보입니다 문 뒤에서 나를 데려다준 승강기가 멀어지는 소리가 들릴 뿐 바람도 불지 않습니다 그러나 저기 아직도 펼쳐져 있는 하얀 이불 능선 속에서 찬 기운이 뭉클 올라옵니다 일시에 몸에서 열이 다 달아납니다 모두 흰 눈뿐입니다 형광등 불을 켜자 흡사 냉장고 속 같습니다 몸에서 차가운 물방울이 솟아오릅니다 비닐 종이라도 뒤집어쓰고 싶습니다 한 발자국 내딛자 얼음 바람이 가슴속까지 들어옵니다 방안 어딘가 보이지 않는 찬바람 풀무가 숨어 있는 것 같습니다 콧속에 성에가 낍니다 온몸이 그을려 급기야는 뻣뻣해진 황소 같은 저 검은 소파까지 몇 만 킬로? 발이 떼어지지 않습니다 주저앉아서 방바닥을 만져 봅니다 그동안 얼마나 눈이 온 걸까? 바닥은 너무 차갑게 얼어붙어 손가락 하나 들어가지 않습니다 숨을 쉴 수 없습니다 허파도 얼어붙는 것 같습니다 누군가 몸 속에서 얼어붙은 허파를 날카로운 칼로 쓰윽 그어 보는가 봅니다 딱딱한 돌 속에서 숨을 길어 올리는 것처럼 힘이 듭니다 눈을 감습니다 눈꺼풀 내려오는 소리가 창문을 쾅 닫는 소리보다 크게 들립니다 얼음 벽이 다가오는 걸까요? 얼음 벽에 걸린 손목도 점점 얼어붙습니다 누군가 내게 얼음 조끼를 입혀

놓은 것 같습니다 더 이상 숨쉴 수 없게 되었을 때 감은 눈 속으로, 얼음 위를 번지며 녹는 물처럼 그대가 들어옵니다 하얀 블라인드 쳐진 방안에 들어온 그대는 내가 만든 것입니까 아니면 멀리 있는 그대가 내게로 보낸 것입니까? 눈 쌓인 바닥이 갑자기 솜처럼 푸근해집니다 잠들면 죽는다 내 안의 누군가 나를 흔들어대지만 얼음 눈꺼풀 너무 뜨겁습니다 감은 몸 속 방안이 더 뜨거워지려 합니다 가방을 베고 얼음 능선 위로 모로 드러눕습니다

블라인드 쳐진 방 · 4

　나는 자리를 뜹니다……그건 네 길이지 내 길은 아니
야……나는 의자에서 일어납니다……그건 네 길이지 내
길은 아니야……하루 종일 한 폭의 그림 사이로 한마디
말이 떠다닙니다 싱싱한 창에 불같이 뜨거운 뺨을 문지르
고 싶습니다 싸늘한 바다였습니다 바닷속에는 더 싸늘한
우물이 깊었습니다 그 우물 곁에 낮은 집들이 잠들어 깊
은 물 밖, 밤하늘로 잠꼬대를 송출중이었습니다 싸늘한
나무들이 파도에 몸을 떨었습니다 얼음같이 찬 우물에 몸
을 던지고 싶었습니다 인적 없는 골목길, 그 골목길에 어
두운 피가 돌돌돌 흘렀습니다……그건 네 길이지 내 길
은 아니야……나는 의자에서 일어납니다……낮은 집들
마다 높은 안테나가 매달렸습니다 안테나 끝은 바닷물을
넘었을까? 그 보이지 않는 안테나 끝에서……그건 네 길
이지 내 길은 아니야……나는 의자에서 일어납니다……
나는 꺼풀이요 그대는 심장입니다 아무것도 담아 두려 하
지 않는 주머니, 심장이 쿵쿵 뜁니다 꺼풀 속에서 끓어오
르기도 합니다 어떻게 안으로 들어가지요? ……그건 네
길이지 내 길은 아니야……나는 의자에서 일어납니다 블
라인드 쳐진 창 아래 의자 두 개, 하루 종일 내가 번갈아
앉습니다 블라인드 쳐진 방안, 내 모든 핏길이 그리로 뛰
어들지만, 아무것도 담아 놓지 않은 길 한 뭉치, 심장으

로 꽉 차 있습니다

들꽃이 피었던 자리

꽃을 꺾던 손이 찌르르 떨린다

가녀린 바늘 같은 꽃이파리들이
허공을 쪼고 있다가
꽃모가지를 잡은 손이 힘을 주자
실밥들 후두둑 떨어진다

잠시 허공을 물들였던 보라색 물이
단번에 땅 위로 흩. 어. 진. 다.

서울 600년

왕십리를 지난 지하철 2호선은
정확히 88분 후에 다시 왕십리로 돌아오게 되어 있다
삼십 년 전 대나무 우거진 우리 집에서
연꽃 핀 호수 옆 학교까지 십 리 조금 넘는 길을
두 시간 넘어 걸어서 갔다가
두 시간 넘어 걸어 다시 돌아왔는데
서울을 한바퀴 도는 데 두 시간도 안 걸린다
그때 학교를 오가는 동안 노루를 본 날도 있었는데
우리는 한참을 그렇게 우두커니 마주보고 서 있었는데
소나무들이 젊어 죽은 무명 용사처럼 우우우 울면
길가에 나란히 전봇대들이 무서워 무서워 비명 지르고
비명과 비명 사이 나는 오도가도 못하고 지각을 밥먹듯
했었는데

  삼국사기를 읽는다 지하철 2호선 왕십리역부터
  개국은 시작된다 비 오듯 시간은 떨어져 발 밑으로 사
라져 간다
  자비마립간 5년 5월에 왜적이 쳐들어와 활개성을 습격
하고
  사람 일천 명을 잡아갔다 8년 4월에 홍수가 져서 산이
17개소나 무너졌다

누가 내 귀에 세월을 쏟아 붓는 것 같다 이 전동차가
다시 왕십리에 도착하면 이 순환 전철은 사람을
모두 바꾸어 싣고 있을 것이다 사람들이 오르고 내리는
동안
순환 전철이 세 번 서울을 도는 동안 나는 여전히 이
전철 안에 남아
사기를 읽고 있다
열차가 다시 한강 위로 올라서자 오늘의 비 그치고
신라, 백제, 고구려 따로따로따로 진행되던 600년 세월
그치고
한강은 노을을 이고 간다 저기 저 탄천 쪽에서 거품 섞
인 노을 뭉게뭉게
솟아오르는 것 그대로 끌어안고 한강은 이제 다 왔다
서울을 다 돌아
서해 바다로 피칠갑을 하고 다시 돌아오지 않으려 간다
오늘의 비 한바탕 사이로 신라의 하늘에서 별 떨어지고
백제의 우물에서 검은 용이 솟아오르고 흙비가 종일 내
리고
흰 개는 담을 넘고 열여섯 살 관창의 목이 말에 실려
성내와 강변역 사이 잠실철교를 넘어온다 의자왕 말년엔
서울의 우물물이 핏빛으로 변하고 아무도 그 물을 먹을

수 없었다 한다
  서해에서 작은 고기들 저절로 나와 죽었다 하고
  백성들 능히 그 고기들 다 먹지 못할 정도로 죽은 고기
들 많았다 한다
  사바하는 붉기가 핏빛과 같았다 한다 노을이 한강 위에
뜬 열차를 붉게
  물들이자 나는 사기를 닫고 떠난 곳으로 돌아간다 이
열차 안엔 이제
  왕십리에서 떠난 사람은 아무도 없다

벼랑에서

내 어깨를 타넘은 바람이
발 디딜 곳을 못 찾고
창졸간에 허방에 빠진다
급히 불려오느라
머리 위로 치마도 뒤집어쓰지 못한 바람이
저 아래 바다로
다 쏟아져 들어간다
왼종일 손가락 들어
이곳으로 오는
길을 가리키던
햇빛도 여기까지 와선 허방에
단숨에 허방에 빠진다

사랑한다? 사랑하지 않는다? 벼랑 아래 파도가 밤새껏
내게 묻는다. 땅 끝까지 달려온 풀들이 몇 개 안 남은 손
톱으로 벼랑을 움켜쥐고 있다. 사랑한다 사랑하지 않는다
내가 풀잎을 하나씩 쥐어뜯는다. 내 머리칼도 저 밑은 허
방이에요 내 얼굴을 움켜쥔 채 악착같이 떠밀리지 않으려
버틴다. 머리 끝까지 차오른 눈물도 눈 속 뿌리를 꽉 잡
고 눈동자 밖으로 뛰어내리지 않는다. 바람에 떠밀리던
그림자는 내 발목을 잡은 채 벼랑을 혼자 더듬어 내려가

다 더 이상은 안 돼요 멈춰 있다. 사랑한다? 사랑하지 않는다? 파도는 숨골 속을 두드리고 차가운 별이 눈물 심지에 가끔씩 부딪힌다. 밤늦도록 벼랑에서 파란 인광을 내뿜는 내가 모르스 부호처럼 깜빡거린다.

송 재 학

푸른빛과 싸우다 · 1 외

- 1955년 경북 영천 출생
- 경북대 치과대학 졸업
- 1986년 《세계의 문학》에 시
  〈어두운 날짜를 스쳐서〉 등 발표, 등단
- 김달진문학상 수상
- 시집 《얼음 시집》·《살레시오네 집》·
  《푸른빛과 싸우다》 등

푸른빛과 싸우다 · 1
—등대가 있는 바다

등대가 보이는 커브를 돌아설 때 사람이나 길을 따라왔던 욕망들은 세계가 하나의 거울인 곳에 붙들렸다 왜 푸른빛인지 의문이나 수사마저 햇빛에 섞이고 마는 그곳이 금방 낯선 것은 어쩔 수 없다 밝음과 어둠이 같은 느낌인 바다

바다 근처 해송과 배롱나무는 내 하루를 기억한다 나무들은 밤이면 괴로움과 비슷해진다 나무들은 잠언에 가까운 살갗을 가지고 있다 아마 모든 사람의 정신은 저 숲의 불탄 폐허를 거쳤을 것이다 내가 만졌던 고기의 푸른 등지느러미, 그리고 등대는 어린 날부터 내 어두운 바다의 수평선까지 비추어 왔다

돛이 넓은 배를 찾으려고 등대에 올라가면 그 어둔 곳의 바다가 갑자기 검은 비단처럼 고즈넉해지고 누군가가 불빛을 보내고 그의 향토와 내 부끄러움을 빗대거나⋯⋯죽은 사람이 바다 기슭에 묻힐 때 붉은 구덩이와 흰 모래를 거쳐 마침내 둥근 지붕 생기고 그 아래 파도와 이어지는 것들⋯⋯혼자 낡은 차의 전조등 켜고 텅 빈 국도를 따라가면 고요를 이끌고 가는 어둠의 집의 굴뚝이 보인다, 버지니아 울프가 살았던 어둠, 왜 그는 등대를 혹은

푸른빛을 떠나지 못하는가

바다를 휩쓸고 지나가는 햇빛은 폭풍처럼 기록된다 그
리고 등대

푸른빛과 싸우다 · 2

—김해선의 가얏고 산조 유성기 음반 복각본

  소리를 읽어 가면 내가 가진 세계를 에워싸는 또 다른 꿈, 햇빛이 통과하지 못하는 푸른빛 물과 공기의 켜 너머 가야금은 나를 데려간다 찌지직거리는 저 잡음, 대바늘이나 쇠바늘이 긁는 에스피판의 도톨도톨한 홈에서 흘러 나오는 저 잡음 속으로 거슬러 가고픈 날, 저 소리의 몸을 더듬었을 일천구백이십 몇 년의 농현과 마음이 내 귀를 제치고 때로 엷은 때가 묻은 동정 때로 낡은 중절모의 풍경 때로 쓸쓸한 사람의 활동 사진을 느리고 흐리게 갈아 끼운다 그러다가 저 잡음마저 숨죽인 푸른 산 푸른 골짜기를 첩첩 쌓아 올리는 장양조의 젊은 아낙과 나루터까지 들어오는 새우배를 타고 어디론가 떠나버리는 중머리산조의 물소리! 그녀, 가얏고, 식민지의 희미한 푸른빛 깊이를 배운 한나절의 학습

유등 연지

내 하루가 고요를 회복하고 싶을 때
유등 연지를 찾는다
낡은 누각이 그 옆에 누워 아쟁 소리를 낸다
물에선 애장터가 멀지 않은 법
연지는 내가 버린 것들로 자주 넘친다
연지란 이슬과 더불어 사라질 운명이라 믿는 나에게
저수지의 둑이 터졌다고 빗소리에 얹혀
부음(訃音)이 온다
연지의 몽리 면적이래야
내가 넓혀 온 저녁의 정적과
죽은 이들이 뒤돌아보았던 벌판이 있다
연지는 연꽃보다 고요에 가깝다
그곳에서 자주 수직의 폭포 소리를 듣는 때가 있다

　청도 가는 길 어디선가 유등 마을을 스쳐 갔을 뿐 나는
연지를 잘 알지 못한다 다만 연지가 아침 해를 집어삼켜
연꽃을 피웠다는 이야기를 들었다 어머니가 오래 찾던 사
람이 청도에 있었고 나는 그의 상여를 따라 어수선한 벌
판과 저녁을 거쳤다 가을을 놓쳐 버린 앙상한 나무들이
죽은 사람과의 경계가 어디 있느냐고 잉잉거린다

청도 가는 길에 유등 연지가 있다 당신이 연지를 생각하고 돌아올 때쯤 연지는 보이지 않는다 그 자리에 남아 부글거리는 검은 저수지는 새벽의 당신이 만났던 화엄 연지가 아니다

빈집

나는 너무 오래 폭설을 기다렸다

해평 마을의 빈 집은 해면처럼 나를 빨아들인다
받아들일 수 없던 사랑, 낙동강의 결빙음, 매지구름은
내 육체가 붙들던 난간이었다
간유리문을 지날 때 어딘가 지독하게 아프다가
물바람마저 사금파리빛 띄우면
히말라야시더는 가지를 꺾고 귀로를 가로막는다
입술이 닿은 성에꽃에 등 돌린 내 청춘은
흰 꽃이 켠 등불을 끄고
빈 집은 폭설 주의보를 받아들인다

그 사랑을 위해서 어떤 육체는 아직도 그곳에 머문다

상령산(上靈山)* · 1

길상암은 지족암을 모른다 지족암은 백련암을 모른다
대설주의보가 망각시킨 가야산에서 길을 잃는다 내 길에
앞서던 붉은 쇳빛 물소리마저 얼어 버린다

손돌이추위가 찾아낸 적막이 숲 속에 있다 저 대나무숲
의 시퍼런 눈부심을 보라 산자락에 올라선 정자는 대금과
피리가 흰 눈과 고요로 수없이 비끄러맨 것, 이제 눈보라
는 소리와 풍경을 섞어 버린다

눈이 녹아야 무너지리라는 정자는 운판 두드림에 사라
진다 운판 소리를 도우는 대금과 피리가 다시 만든 윤곽
은 주초(柱礎)가 물 속에 서 있는 수각(水閣), 와장대가
있는 돌계단은 느린 빗살무늬 능선과 이어진다

모든 산을 소리로 듣는다 그곳에서 비롯되는 스타카토
의 엄청난 눈사태를 원하는 것은 내 병과 자진모리뿐만
아니다

---

* 〈영산회상(靈山會相)〉 중의 하나로 대금 혹은 피리 독주곡.

상령산(上靈山) · 2

　저 어둔 산들은 풀잎으로 숨쉽니다
　비안개가 그들의 일몰을 부추깁니다
　산등성이의 철쭉은 다음날 피울 희고 붉은 꽃잎을 우레
로 엮어 낼 속셈입니다
　높거나 낮은 산의 앞날에 기다리는 또 다른 산, 지친 남
자가 눈여겨 둔 영신봉은 산색(山色)으로 고사목을 택합
니다
　오늘 노고단을 넘고 봄의 마지막에야 세석평전에 도착
하는 어떤 느린 꽃의 움직임이라면 철쭉 저 안을 기웃거
리거나 머물 수 있겠다고 남자는 생각합니다
　비가 그치자 한꺼번에 돋은 초록으로 사람의 앞날은 잠
시 희붐해집니다
　산들은 거웃 같은 아래와 스카이라인의 뚜렷한 명암 뒤
로 사라집니다
　그 흑백의 분별조차 쓸데없는 지금 달빛은 보이지 않는
사람들을 비추고 있습니다
　저 어둔 산들, 천왕봉 높은 곳에서 바라보면 더 웅숭함
을 보이는 저 어둔 산들 하나하나가 제 뿌리 뽑아서 그
남자의 괴로움 옆에서 천천히 솟아오르는 꿈이 피리나 대
금 소리 안팎을 드나드는데 저 어둔 산들은 움켜쥘 수 있
는 물과 불, 몸에 박힌 대못, 마침내 주검을 거두어 가는

흰 손의 높이와 같습니다

흰색과 분홍의 차이

　겨울 노루귀 안에 몇 개의 방이 준비되어 있음을 아는지
　흰색은 햇빛을 따라간 질서이지만 그 무채색마저 분홍
과의 망설임에 속한다 분홍은 흰색을 벗어나려는 격렬함
이다 노루귀는 흰 꽃잎에 무거운 추를 달았던 것, 분홍이
아니라도 무엇인가 노루귀를 건드렸다면 노루귀는 몇 세
대를 거듭해서 다른 꽃을 피웠을 것이다. 더욱이 분홍이
라니! 분홍은 병(病)의 깊이, 분홍은 육체가 생기기 시작
한 겨울숲의 손톱이다 분홍은 또 다른 감각에 도달하고픈
노루귀의 비밀임을 아는지

금호강

금호강은 오랫동안 내 밖에 있었다 세상 모든 그림자가
어룽지던 물의 박수와 갈대 서걱인 갈채가 금호강의 추임
새이다. 그때 강은 스스로 몸을 바꾸어 갔다 이제 강은
수문을 열지 않는다 폭우 뒤의 햇빛이 강물을 피해 염소
떼를 핥는 새 나는 달개비꽃에 떠밀려 붉은 물가에 내려
오곤 한다 저 산 아래까지의 고요의 부피가, 우레가 딸린
강물이 저 산 아래까지 범람했다는 흔적이다 이끼와 고지
랑물에 가까운 내 불면이란 홍수나 가뭄과 싸울 수 없다
는 금호강에 다름아니다

와시표 일츅죠선소리반
—가야금 독주 진양됴 안기옥 장고 이흥원

물소리가 내 어둠을 탓한다 산 같은 파도가 부서지는
풍경이 흑백 사진으로 한 점 한 점 느릿느릿 겹쳐지면서
점점 분명해진다 리아스식 해안이 내 귀가 사로잡힌 어느
하루의 명암이다 모든 것이 분명하다면 물은 검은빛 바다
에서 밀물로 다가왔을 것이……혹은 내가 검은 바다를
원했다고 말할까 그리하여 아침 햇살이 비단 같은 물을
움켜잡았을 때 희고 붉은 물결은 진저리쳤고 검은빛만이
빠져 나와 저 소리의 배후에서 다시 어둠을 간절히 기다
려 혼절하거나 넋을 빼앗겨 왔다 복각판의 흠집은 그러나
몇 십 년을 견디면서 가당찮게도 그 잡음을 평조와 계면
조 사이 들을 만한 소리로 만든다 에스피 복각판이 털어
놓는 이십년대 안기옥(1905~1974)은 너무 눈부시어 보이
지 않는 신(神)의 부재에 항거한 싸움꾼처럼 보인다 모노
크롬의 선들은 끊어지면서 이어지는데 그 연결부를 메우
는 꺾는 소리와 고수(鼓手)의 탄식은 파도의 이랑처럼 매
듭을 없애고 하나하나의 음을 하나하나의 물방울에 빗대
어 좀더 높은 물소리 더 빠른 마음의 갈래 따라 흩어졌다
가 몰려들면서 어떤 절망을 만나 폭포처럼 아득한 높이에
서 낙화한다, 그 짧은 진양됴(2:57)는

추천 우수작

이 기 철

마음속 푸른 이름 외

• 1943년 경남 거창 출생
• 영남대 국문과 및 동 대학원 졸업
• 1972년 《현대문학》에 시
  〈5월에 들른 고향〉 등 추천, 등단
• 대구문학상 · 후광문학상 수상
• 시집 《낱말 추적》 · 《청산행》 · 《전쟁과
  평화》 · 《우수의 이불을 덮고》 · 《내 사
  랑은 해지는 영토에》 · 《지상에서 부르
  고 싶은 노래》 등

마음속 푸른 이름

아직 이르구나, 내 이 지상(地上)의 햇빛 지상의 바람
녹슬었다고 핍박하는 것은,
아직 이르구나, 내 사람들의 마음 모두 잿빛이 되었다
고 탄식하는 것은,

수평(水平)으로 나는 흰 새의 날개에 내려앉는 저 모본
단 같은 구름장과
우단 같은 바람 앞에 제 키를 세우는 상수리나무들,
꿈꾸는 유리 강물, 햇볕 한 움큼 베어 문 나생이 잎새
들,

마음 열고 바라보면 아직도 이 세상 늙지 않아
외출할 때 돌아와 부를 노래만은 언제나 문고리에 매어
둔다

이제 조그맣게 속삭여도 되리라
내일 아침에는 이 봄에 없던 수제비꽃이 하나 길 옆에
피고
수제비꽃 옆에 어제까지 없던 우체국이 하나 새로 지어
질 것이라고,
내 귓속말로 전해도 되리라

오늘 태어나는 아이가 내일 아침에는 주홍 신을 신고
지상에서 가장 따뜻한 말을 부치려 우체국으로 갈 것이
라고.

알맞게 아름다운

나를 떠나 벌써 물이 된 생각은 아름답다
저기 나를 바라 쫓아온 햇빛들
내 눈 뜰 때 함께 눈 뜬 아침 새들
벙거지꽃이 입술 벌려 내게 보내 준 노래들
모두 늙어 갈 대부활을 손짓하는 바람들은
아름답다

이제 나의 아이 나의 애인 나의 친구가 굳이 사람이어
야 할
까닭은 없다
바라보면 알맞게 피어오르는 꽃잎들
내 장만해 주지 않아도 흙 속에 제 양식 갈무리하는 풀
설기들은
내 아름다운 친구이다

그렇지 않은가, 외롭지 않으려고 가지마다 팔짱 낀
기슭의 나무들

피는 꽃

내게 구름의 길 일러준 이 없어
시간의 빗장 따고 한 며칠 오리나무 잎 속에 묻혀 지
낸다
산 속에 달력이 없어
피는 꽃을 보고 하루의 길이를 안다
쉬다 가자 붙잡아도 바람은 손에 잡히지 않고
냇물은 돌이끼를 어루이며 제 혼자 가는 길 흘러간다
언제 피겠느냐 물으면 대답 없는 꽃이
내 한눈 파는 동안에 꽃술을 터뜨린다
내 어제도 백 리를 달려왔지만
어찌 땅의 덥고 추움을 흙 속에 가슴 묻는
물보다 더 알랴
이미 향기를 날개에 담고 떠난
나비의 모습 보이지 않고
피어서 요란하지 않은 꽃들만
들판의 옷자락에 숨을 죽인다
꽃 한 송이 피어 산 속이 환한 모습을
먼지 세상을 미워하라고 너에게 말하는 것이 아니다
먼지 속에 길이 있음을 피는 꽃을 보고 깨우칠 수 있
다면
그때 우리도 흐르는 물 곁에서

피는 꽃으로 설 수 있음을,
세상의 남루도 피는 꽃 곁에서는 비단이 될 수 있음을
내 짧은 몇 마디 말로 전하는 것일 뿐

나무들

나무들이 밤에도 움직이지 않고 제 간격을 유지하고 있
는 모습이
나를 긴장시킨다.
어떤 명령도 나무들의 뿌리를 옮겨 놓지 못하는
나무들만의 저 푸른 질서.
땅 속에서 누리는 뿌리의 삶이 고요해서
잎새들의 공중의 삶은 소란하다.
땅의 피를 빨아올려 하늘로 옮겨 주는 나무들,
침묵을 길어 음악을 만드는 악사(樂士)들,
둥치를 감고 오르는 호박 새순이 어디로 뻗을 것인지를
나무들은 안다.
새들이 날아오고
마을 곳곳에 집 짓는 톱날 소리 치차(齒車) 소리처럼 들
벌레들은 그 단단하고 따뜻한 집을 가지에 매단다.
나무들이여, 너의 나이테는 아직 열 살이기에
내일을 약속 받을 힘이 있다
욕망이 작아 가지에 매달려도
흔들림이 오히려 편안한 벌레들의 집은
나를 긴장시킨다.

새들은 초록의 주인이 된다

눈썹새가 한 번 울 때마다 가시나무 뒤에서
네가래꽃이 한 송이씩 피어난다
수평의 낙하를 위해 흰눈썹 황금새들은
금빛 날개를 가지고 있다
푸른 잎새 속에서 잠깨는 새들이
초록의 주인이 된다
저렇게 높고 따뜻한 집을 가진 것은 새뿐이다

그날의 맨 처음 달려온 햇빛에
새들은 이른 잠을 깬다
새들은 칫솔 대신 나뭇잎에 부리를 닦아
공중의 잠이 저렇게 푸름을,
하늘 위의 식사가 노래처럼 즐거움을 보여 준다

딱따구리의 부리가 나무 쪼는 소리가
악기 소리처럼 새어 나와 음악이 되고
유리새의 멱감는 소리에 나무들이 키를 높인다
새똥의 향내에 가문비나무가 잎을 열고
황여새가 물소리로 울어 시냇물 소리 더욱 작아진다

산에 들면 사람의 얼굴도 모두 초록이 된다

둥치 하나에 수천의 잎을 단 나무와
천공(天空)의 잎을 흔들고 간 바람 속에서
새들은 푸른 나무와 초록의 주인이 된다

작은 산과 큰 산
—해인사 운(韻)

나무에 품계 없으니
작은 나무가 큰 나무를 쳐다보고
작은 산이 큰 산을 올려다본다
손 안에 태산을 거머쥔 선승(禪僧)이
가리킨 손 끝엔 손수건만한 구름 한 점
솔가지에 걸려 있을 뿐이다

날리는 꽃가루 속에 법어(法語)는 꿀벌처럼 잉잉거리고
솔잎 푸른 그늘에 백련암(白蓮庵) 천년 기왓장만 반짝거
린다

꽃잎 하나에 산이 실려가는 모습
홍류동 물굽이는 모른 채 흘러간다

서서 잠드는 것 나무뿐인 줄 알았는데
나무의 무욕을 배운 사람에게도 있었음을
문자(文字) 없이도 깨달음을
내 아직 늦었다 탓하진 않을란다

선승은 말이 없고
새떼들이 풀어놓은 금싸라기 말들만 하늘로 올라가

별이 된다
새떼들의 말을 알아듣는 사람만이
산의 말, 물의 말
금싸라기 별의 말을 알아듣는다

꽃을 위한 사색

족두리꽃을 만나러 산에 가지 않아도 된다
산에 오르기 전에 각시꽃을 만나면 족두리꽃의 이름을
잠시 잊어도 된다

아무도 제 이름 부르지 않는데 이름처럼 단아(端雅)한
댕기꽃이 발길을 막는다
신발이 많이 닳았구나, 아, 나는 너무 많은 봄을 놓쳐
버렸구나

붓꽃 연자방아꽃 제비꽃 얼레지꽃
방아깨비 엉거시 도꼬마리 질경이꽃

이 세상 어떤 빨간빛을, 어떤 파란빛을 그들 위에
얹을 것인가
무슨 노래를, 무슨 휘파람을, 무슨 현란을 그들의 이름
대신
놓을 것인가

얼마나 피고 져야 꽃들은 제 집요를, 제 광기(狂氣)를
흙 속에 묻고 정적으로 설 것인가

가보지 않은 길 끝에 단추꽃이 피어 있다는 생각은
아직도 위안이다
꽃 피면 눈부셔 맨발 아니면 걸을 수 없던 길 위를
먹은 나이를 탓하며 해진 구두를 신고 걸어도
이젠 햇빛이 눈부시지 않은 늦은 봄날

순금의 나날

내 몸은 가벼워 하늘 뜨는 한 점 새의 깃털에 불과해도
오늘 한때 내 몸을 때리며 지나간 바람은
어느 산맥에 묻혀 금(金)이 될 것이다

강을 건너며 떠올렸던 이름, 강 지나면 잊어버려도
내 걸어온 발자욱의 온기 비둘기 되어 하늘로 날아오르
는 날 기다린다
깨어질수록 반짝이는 유리처럼
내 정신 깨어져 파편으로 이 어둔 삶 밝힐 수는 없을까

푸른 들판 바라보면 아직 안 잊힌 풀꽃 이름 많고
등불 켜진 마을 바라보면 아직 불러 볼 사람 이름 넉넉
하다
햇빛 밝은 날 기다려 그 이름 앞에
병을 이기고 일어나는 꿈 한 자락 소포로 싸서 부친다

돌에 새겨진 이름처럼
내 이 세상을 향해 던지는 말 한마디
너는 살[矢]이 되지 말고 추운 바람 가슴 데우는
외투가 되어라
저문 날 흰 새의 날개가 어두워질 때

어느 날 내 지친 발이 한 그루 사과나무 아래 쉬고 있을 때.

이백(李白)의 석상(石像)

내일이 내 앞에 비단폭으로 펼쳐지기를 바라지 않는다
오늘 하루 햇빛이 내 머리카락에 시금치 향으로 피어나
기를 기다리는 것도
몸에 지닌 수심에 비해 너무 겨운 일,

백년을 살아 시를 쓰고 죽어 천년을 노래로 남는 일
품이 큰 시인 아니면 누가 이를 수 있을까
육신이 물이라서 쉬이 푸름을 잃고
돌아가 흰 돌로 얼굴 깎여
저 푸른 우둥치나무 숲에 안겨 잠드는 시인의 평화를
보라

일생을 걷는 일, 제 몸무게에 눌리지 않은 발걸음 어디
있으랴
새가 아니니 하늘 날 수 없어 걸어가는 골목마다 발자
욱 남기고
혼자 산으로 간 사람의 발자욱 소리 어느 나무에도 걸
려 있지 않다

석상(石像)으로 남은 시인이여, 이백(李白)이여
싸움 많던 한 나라가 시로 인해 풍윤해지기는

그대 때문이다
얼마나 오래 노래되고 싶은 염원이
그대를 시인으로 태어나게 했나

굽은 산길은 아름답다, 사람이 가지 않는 길 아름답고
숲 사이 사람 걷는 길 아름답다
마음 안에 몸을 감추고
한 시대의 정(釘)인 언어로 세상을 쩌렁쩌렁 호령한 사람
그대뿐이다.

이소(離騷)* 에 눕다 · 1

한번 건넌 물은 내 발을 적시지 않는다

찔리면 핏방울 듣는 가시나무도 이름 부르면 단추꽃처럼 정겨웁다

시름을 만나면 벼랑에서라도 술잔 나누고

그의 펄럭이는 욕망 밤나무 가지에 매어 둔다

여울물 소리에 지워지는 뻐꾸기 울음에 소름 돋아

4월인 줄 나보다 먼저 알고 피어나던 엉거시꽃 미리 져 내릴까 마음졸인다

장수말벌처럼 날아서, 물살 건너서

푸른 햇빛으로 풀뿌리에 밥 한 그릇 비벼 먹으면

누가 길게 불어 눈물 오히려 노래되는 이소(離騷) 한 가닥

햇살 아래서 만날 수 있을까

혹은 노래는 땅에 묻히고 없을까

먼저 간 사람들의 영혼은 아직도 흙 위에 따뜻하고

초옥 추녀들과 오리나무 산들은 온돌처럼 아늑할지니

한번 흘러가면 돌아오지 않는 물, 돌아오지 않는 강 건너서

모래밭 같은 세간(世間)의 근심 물 속에 무심(無心)히
던질 수 있다면

나는 가겠네, 내 무심 깨우러 가시 꺾어 손가락 찌르며
손 끝에 듣는 피 노래에 씻겨 물 속의 푸른 물결 하나
보탤 수 있다면.

---

* 중국 초(楚)나라의 충신 굴원(屈原)이 멱라수에 빠져 죽을 결심을 하게 되기
까지의 시름을 적은 글. '시름을 만난다'는 뜻.

천 양 희

마음의 수수밭 외

- 1942년 부산 출생
- 이화여대 국문과 졸업
- 1965년 《현대문학》에 시 〈화음〉 등 추천, 등단
- 시집 《신이 우리에게 묻는다면》·《사람 그리운 도시》·《하루치의 희망》 등

마음의 수수밭

마음이 또 수수밭을 지난다. 머위 잎 몇 장
더 얹어 뒤란으로 간다. 저녁만큼 저문 것이
여기 또 있다. 개밥바라기별이
내 눈보다 먼저 땅을 들여다본다
세상을 내려놓고는 길 한쪽도 볼 수 없다
논둑길 너머 길 끝에는 보리밭이 있고
보릿고개를 넘은 세월이 있다
바람은 자꾸 등짝을 때리고, 절골의
그림자는 암처럼 깊다. 나는
몇 번 머리를 흔들고 산 속의 산,
산 위의 산을 본다. 산은 올려다보아야
한다는 걸 이제야 알았다. 저기 저
하늘의 자리는 싱싱하게 푸르다
푸른 것들이 어깨를 툭 친다. 올라가라고
그래야 한다고, 나를 부추기는 솔바람 속에서
내 막막함도 올라간다. 번쩍 제정신이 든다
정신이 들 때마다 우짖는 내 속의 목탁새들
나를 깨운다. 이 세상에 없는 길을
만들 수가 없다. 산 옆구리를 끼고
절벽을 오르니, 천불산(千佛山)이
몸 속에 들어와 앉는다

내 맘속 수수밭이 환해진다.

진로를 찾아서

진로(眞露)도매센터 빌딩을 몇 번 돌았다
불빛 환한 지하에서 두꺼비처럼 두리번거리며
예술의 전당 쪽 계단을 오른다
나는 잠시 머뭇거린다
진로(眞路)는 어느 쪽일까. 길눈이 어두워
진로(進路)를 찾지 못해 돌아 나온다. 오후 7시.
저녁 어스름이 내 빈 속에 꽉 들어찬다
저 불빛 저 그림자도 길게 누일 길 있던가
생각하는 사람처럼 깊어지는 가로등들,
모르는 곳에 제 속을 허문다
차 소리에 쓸려 나무들은 한쪽으로 기울고
닳을 대로 닳은 길은
사람의 산책을 허락하지 않는다
나는 예술의 전당 무궁꽃에 기대어
한 사람의 진로에 대해 생각해 보았다
먼 길은 멀어서 하루가 짧고
담벽 너머 보는 지붕들이 뾰족하다
아무도 아무것도 돌이킬 수 없어
길 같은 길 어디 있냐고 투덜대는 사람들이
자꾸만 길이 비좁다며 바람처럼 빠져 나간다
모든 것은 항상 끝나는 곳에서 시작된다. 진로여

나는 너에게 줄 미래도 없는데
내 의지는 소의 눈처럼 꿈벅거린다
누가 나를 시험하러 세상을 문제로 내놓은 걸까
어딘가 길 잃은 사람 있을 듯
굽 낮은 내 구두는 아직 귀가하지 못하였다
여기서 진로(眞路) 너무 아득해 빌딩숲 헤쳐 닿을 길
없고
이 길 한켠에서 생각나는 것은 사람마다
가지 않은 길 하나씩 품고 있는 한 줌 기대와 기대 속
에 묻힌 한 그루 추억의 푸른 나무.
기대는 자주 우릴 설레게 한다
설레임 속에서 새벽이 뜬눈으로 돌아온다
비로소 진로란
우리들 생이 그렇듯
비뚤비뚤하거나 비틀비틀한 것이라고
중얼거린다.

어떤 하루

건설중인 빌딩 꼭대기에
둥지를 튼 송골매 두 마리가 새끼를 낳아
다른 곳으로 날아갈 때까지
공사를 중단했다는 이야기가 몇 년 전
오스트리아 멜브른에서 들려 와
나를 감동시키더니
우리는 언제 저렇게 아름답게
살 수 있을까 궁금해지더니
며칠 전 신문을 보고
일어날 수 없는 일이 일어난 것처럼
놀랐느니
아파트 공사장에
까치 한 마리가 새끼를 낳아
다른 곳으로 날아갈 때까지
공사를 중단했다는 이야기가
멜브른이 아닌 우리 나라 서울에서 들려 와
나를 감동시키느니
이것이 사랑하며 얻는 길이거니
득도(得道)의 길이거니
아름다움과 자비는 어디에서나 자랄 수 있는 것

나, 오늘 무우전(無憂殿)에 들고 말았네.

그 사람의 손을 보면

구두 닦는 사람을 보면
그 사람의 손을 보면
구두 끝을 보면
검은 것에서도 빛이 난다
흰 것만이 빛나는 것은 아니다

창문 닦는 사람을 보면
그 사람의 손을 보면
창문 끝을 보면
비누 거품 속에서도 빛이 난다
맑은 것만이 빛나는 것은 아니다

청소하는 사람을 보면
그 사람의 손을 보면
길 끝을 보면
쓰레기 속에서도 빛이 난다
깨끗한 것만이 빛나는 것은 아니다

마음 닦는 사람을 보면
그 사람의 손을 보면
마음 끝을 보면

보이지 않는 것에서도 빛이 난다
보이는 빛만이 빛은 아니다
닦는 것은 빛을 내는 일

성자가 된 청소부는
청소를 하면서도 성자이며
성자이면서도 청소를 한다.

외동, 외등(外燈)

나는 오래 여기 서 있었습니다. 외동 1번지
다시는 저 다리 위에 저 정거장엔 가지 않으리라
내려가서 길바닥에 주저앉지 않으리라
갈퀴별자리 옮겨 앉는 날 밤이면
내 청춘의 붉은 바퀴 굴러가다 멈춘 것 보입니다
가슴을 조금 움직여 두근거려 보지만
그 길 따라 오는 사람 있겠습니까
나는 꿈을 가지지 않기로 합니다
날마다 골목이 나를 불러 꿈을 주고
세상 구석까지 따라가게 합니다
세상아, 너는 아프구나. 나는 얼굴을 돌리고 눈만 껌벅
거렸습니다
늙은 느릅나무 뒤에는 주름진 황톳길이 구불텅거리고
어슬렁거리는 개들 옆으로
저 혼자 젖는 취객들이 많이
어두워져 돌아오고 있습니다
오늘 밤 나는
신열에 들뜬 듯 머리를 싸매고
풀섶에 숨어 우는 벌레들의 울음을
사람의 말로 다 적기로 합니다
산간 벽지 떠돌다

잔가지 생잎 쓸린 잡풀들
몰래 숨어 든 외동 1번지 느릅나무 곁에서.

책장을 덮는다

큰 유리새는 고여 있는 물은 먹지 않고 흐르는 물만 먹
는다는데 고운 목소리로 운다는데 고고한 새라는데 뻐꾹
새는 제 둥지에서 새끼를 낳지 않고 새끼를 낳아 다른 새
에게 기르게 한다는데 숨어서 운다는데 염치없는 새라는
데 이상하다, 어째서 울음 소리는 똑같이 아름다운 것일
까 고고한 아름다움이나 슬픈 아름다움은 그 수준이 다를
뿐일까

시인이긴 하지만 진실되지 못한 사람……그 대목에 가
서 나는 읽고 있던 〈팡세〉의 책장을 덮는다.

그때마다 나는 얼굴을 붉히고

가을 하늘에 새 두 마리 아름답구나
내가 쓴 시보다 아름답고 완벽하구나
나는 작은 것 속에 세계가 들어 있다고 쓰지 못했다
그 속에 뭉클한 비밀 있음을 못 보았다
흔들리는 것들, 전에는 나무였던 것 물이었던 것 몰래
바람 소리
물 소리 풀잎 소리 서걱거리며 따라온 길섶에도
생생한 생(生)의 기미가 있음을 못 보았다
나는 오직 꽃들이 무사한지 애착했을 뿐이다
꽃 속에 세상을 넣고 다닌 적이 있다
꽃의 의미, 꽃말들, 꽃씨들은 또 얼마나 둥글고 작았던가
작은 것이 아름다워 새들은
세상에 둥근 씨를 옮기고
나무는 새의 둥지를 낮춘다
그때마다 나는 얼굴을 붉히고
태아처럼 동그랗게 웅크렸던 것이다.

저 모습

암수 한 몸인 민달팽이를 보니
일심동체를 보니
아하! 그동안의 행적이 무색하구나
암수 다른 몸이
그 행세를 했으니 반인반수로다
제 몸 허물기라도 하면
저 모습 될까

달팽이집 한 채 짓고 싶다
그 집에서 살고 싶다.

뒷산

앞산은 이따 보기로 하고 뒷산에 먼저 올랐습니다. 옆구리에 폭포를 끼고 선 산기슭 너머 마음이 먼저 덩쿨처럼 팔을 뻗었습니다. 닿을 수 없는 것에 닿고 싶어하는 ……나는 오솔길 하날 당겨 다른 세계를 적었습니다. 저 고요의 눈부심 저 무심함……느끼는 숨, 그저 숨을 느끼는 것, 중요한 것은 숨을 느끼는 것이었습니다. 세상은 나 없이도 가득 차 있고 흐르는 물은 몇 개 웅덩이를 키우면서 내려갔습니다. 아름다운 꽃이 언제 말하며 피겠습니까. 다른 사람을 나만큼 사랑할 때 나도 그랬을 것입니다. 그러나 옛자리는 그리워해 보는 것이지 가보는 것이 아니었습니다. 옛우물, 옛거울 없어진……물음표의 모든 것은 바꾸고 싶지 않아도 바뀌는 것입니다. 꽉 찬 나무 사이로 휑하니 길 하나 뚫려 있습니다. 그것은 길일 수도 비애일 수도 있습니다. 숲의 속은 어둡고 그리고 퍼렇습니다. 그림자는 삶의 견딜 수 없는 어떤 것도 가려 주질 않습니다. 나는 한 번도 나 아닌 적 없어 숲을 벗어나도 벗지 못하는 나무의 생입니다. 이제 다시는 아무 곳에나 내 이름을 적지 않을 것입니다. 어두운 그늘에서도 풀꽃들이 모두 환합니다. 어느 집의 등불이 저처럼 폭발하지 않는 아름다움이겠습니까. 나는 겨우 벼랑 한쪽만을 보고 걸었던 것입니다. 오래 버티고 있는 길이 내가 머물렀던 것만큼 기다리는 뒷산일 것입니다.

원근(遠近)리 길

  가깝고도 먼 것이 무엇이었더라. 원근리에 머무는 마음이여. 길 한쪽이 나를 당긴다. 꼬불꼬불한 것은 길만은 아니다. 내 속의 산맥들 그리고 능선들. 원근리는 몰래 나를 알고 있어서 마음의 명암까지 뭉클해진다. 삶은 꼬리 잡혀 꿈쩍 않는데 하늘 한끝에서 별똥별이 떨어진다.
  포기한 자 이탈한 자 그들이 자유롭다 문득 느낀다. 내 그림자 나에게서 떨어지지 않는다. 생각지도 않은 생나무 그늘이 발끝까지 따라온다. 나는 촘촘한 생의 생잎들을 조금씩 들춘다. 들추다가 지름길을 힐끗 엿본다. 재봉새 한 마리 언제 끝날지 모를 집을 짓는다. 빠른 길만이 바른 것은 아니다. 오늘도 길은 가까웠다 멀었다 하였다. 저물녘에서야 마음의 경계 너머 다른 길에 멈춘다. 언제나 바짝 엎드린 기찻길. 우린 아무것도 일치할 수 없다. 세상 속을 가로질러 길 끝과 마음 끝이 나란히 선다. 가깝고도 먼 것이 무엇이었더라. 소리치며 기차가 지나간다. 날마다 내 속으로 들어온 길. 원근리에 가서 꺼내 놓는다.

홍 신 선

세계의 한 모퉁이에서 외

• 1944년 경기 화성 출생
• 동국대 국문과 및 동 대학원 졸업
• 1965년 《시문학》에 시
  〈이미지 연습〉 등 추천, 등단
• 녹원문학상 · 경기문학상 수상
• 시집 《겨울 섬》·《다시 고향에서》·
  《서벽당집》·《우리 이웃사람들》 등

세계의 한 모퉁이에서

내 이제는 곁방 사는 시간이 씻겨 주는 대로
식은 약쑥물에 굳은 안면 씻고
불두덩과 살얼음 드는 사타구니도 씻고
습(襲)과 염(殮) 개운하게 끝내고
단잠 한숨
소스라쳐 깨어나리, 저 삶 밖 나서서 가는
황천길 질러가는 뚝방쯤에서
깨어나 뒤돌아보리.

얼마나 어리석었는가
믿음과 이데올로기로 얽은 정신의 감옥에서
감각의 질펀이는 시장 골목에서
선불 맞은 짐승처럼 너희들 다만 치고 받고 싸웠다
나는 차량 기지 수색에서 가볍게 꼬리 흔들며
달려 내려오는 통일호 빈 객차들
늦은 저녁 허공길을 끊고 나는
헬리콥터 소리를 들었을 뿐
누가 지난 시대의 한복판을 들여다보았는가
눈멀어 빛의 한복판을 복면한 운명의 낯을 확인했는가
내 몸에 왕복 4차선 도로를 내고 달리던
열정과 굴종들이

감쪽같이 전복했거나
문짝 옆구리 찌그러뜨렸을 것이다.

사람들 가슴에는 라파엘이 들었다*
역경에 서 있어야 선(善)이다**
숱한 관념의 어두운 안골목을 찾아들거나
혼자 기웃거리며 나는 쓸쓸히 지나쳤을 뿐
미친 말처럼 네 굽 놓고 날뛰던
살과 피를
굴레 씌워 고삐 얽어
달구지 앞에 어스러기 수소 한 필로 끌어다 놓았을 뿐.

고향에는 아직도
밤바람들이 마른 수숫대의 등짝에다 놋요강들을 메다꽂
는다
하나가 아니라 여남은씩 죽으로 놋요강들은 깨어진다
깨어진 소리에서 휠캡처럼 또 깨어진 소리들 벗겨져 구
른다.

밤바람 속에 젊음의 교만들이 수많은 놋요강들을 들고
섰다

얼마나 어리석었는가
지난날은 몇 치 몇 칸의 욕망이고 뉘우침일 뿐
이제는 헐고 드잡이해야 한다
외벽 털고 엇먹은 중방 기둥들 제자리에 끌어 앉히는
드잡이를
놋요강도 낡은 혼도 지난 것은 아무것도 아닌 것
새날의 새것만이
언제나 세계의 견고한 집이었던 것을.

내 이제는 생물 밖에서 다시는 발길 돌리지 않으리니
단호하게 깨어서 가리니
새벽은
옆방에 전세 들어온 죽음처럼
듣는 이 있다고 소리 죽여
고요들로 줄 서 있다
터진 구름 틈 날빛들이 무슨 길처럼 광목필을 풀어내
렸다
소리 죽여 흙 묻은 바짓가랑이에 꽂힌
도깨비 바늘들이 싱겁게 갈고리 벌려 떨어지는 것을
채귀(債鬼) 같은 바늘만한 희망을
새벽은

손으로 골똘히 빼고 있다.

_____

* 칼 마르크스의 《독일 이데올로기》 중에서.
** 니체의 말.

마음경(經) · 7

척추뼈 삐긋한 가는 금이 든
늦가을 비의
퍼진 허리
공중의 빈 품안에 디스크로 굴신 못하고 주저앉았다.

오늘부터는
한 방에 삶과 죽음을
혼숙(混宿)으로 세 치는
마음 한 채.

마음경(經) · 9

1

시골집 문창(門窓)에 와서
사륵사륵 귀 속이던
싸락눈 숨 끊듯
멎고
저물녘에야 환히 날 들었다.

내 해골 속
부서진 회로들 엉킨 생각 올들
일일이 드러나

(이제 살았다)
슬며시 내(我) 하나 내쫓기는 소리

2

혀 없는 개울물 소리
가까스로
말 만들어 돌아서 나가는
구름 절벽 끝

성벽 보초병처럼 창검 빗겨 든

잔광(殘光)들이 삼엄하다

   3
낡은 마을
설거지 끝낸 집들은
온종일 나가 떠돌던 축생(畜生)들 워어리 워어리 불러
들이고
눌은밥 주고
대문 지치고 돌아선
내 등짝
가벼이 가벼이 치는
아직도 잰 걸음으로 울며 떠다니는
안면(顔面)마다 밝기 최대한 올리고 떠다니는
싸락눈

집 버리고 천지를 온통 방안으로 차지한

봄 버드나무, 잎 틔우는

1

상투적인 틀
봉했던 입 말끔히 헐어 치우고
앉음새 신통찮은
정신 구조
확 자리 바꿔 앉히는가
새로 갈아 들이는가
안 보이는 숱한 몸부림들을 한결같이 안으로만 안으로
만 숨죽여 껴안고도
그러고도 맨가슴 꼿꼿이 내민
봄 버드나무 두어 명
(나무들 사이 새하얀 비명이 죽어 섰다)
막강한 둘레의 고요를 할퀴고 또 할퀴었는지
날 선 손톱 끝의
피칠이 눈에 띄게 이쁜,

2

내 마음에 들어 있는 일망무제(一望無際) 억새밭이 쉴
새 없이 서걱인다
내 마음에 들어 있는 일망무제 억새밭이 쉴 새 없이 쓰
러지고 일어선다.

나의 대가족주의(大家族主義)

참사(參祀) 끝내고 긴 목상(木床)에 둘러앉아 음복을 하고
새우젓 국물에 편육을 찍었다
헐하고 헐거운 시간만을 등뼈로 박은 사람들
부조(父祖)의 묏가에 와서 묻힌 듯
둘러앉은 재당숙(再堂叔) 삼종제(三從弟)
혹은 대부(大父)의
등솔기 터진 양복이
터진 실밥들이 파국(破局)처럼 소슬하게 빛난다
문중일가(門中一家)라지만
왠지 낯선 서먹서먹한 얼굴들

왠지 삶이 낯설다
쑥대머리의 바람들이
안 보이게 하늘 속에 촘촘히 매복한 날
마음도 밑둥 없으면
뿌리째 뽑혀서 나뒹굴고
나뒹굴며 아랫배부터 치오르는 후끈후끈한 술기운 서글
픔을
등 없이 지고 섰으면
제 등을 대신 와서 부비는
가을볕 두어 채

지난 시절 통강(通講)하던 한문처럼
입고 온 삶이 외려 낯설다.

영락(零落) 다음의 그 없는 길을 내려가다 보면
벌목중인 산이 생나무 토막들로 온통 까져 있는
그 아래 철망 공장
그 아래 큰 돌이 작은 돌에 업혀 서로 낯 익히고 있는
비석거리 석물 공장(石物工場)
낮아서 지천인 목숨들 한 둘레 들꽃답구나

세장산(世葬山) 동리엔
조막손이로 오그라든 늙은 감나무들이
주먹 속에 황급히 앞뒤 끊긴
오늘만을 한 움큼씩 감춰 들고
녹슨 마포(麻布)들 몇 명 바람들로
대형 걸개 그림 멀리,
느리게 바꿔 건다.

　일가(一家)로 이어 내리고 둘러 주는 것이 이것뿐이겠
는가
　덮던 세월 이불 개어서 옆으로 밀쳐 놓고

절손(絶孫)의 가라앉은 서너 분상(墳上) 산소들도
 두 팔 대신 드러난 활개로 숱한 종중(宗中)들을 감싸
안는
 그 뒤의 주산(主山)이 또
 그걸 허리통째 껴안는……

 침목 깔리듯 한일자 갈개뚝들이 좌르르 좌르르 깔려
나간
 간척지 끝
 때마침
 배 털고 막 일어선 하늘이 둥글게 에워 섰다.

 오 이 문중.

권력에 대하여

1

이태 전 큰물가고 난 후
뜬금 없이 포클레인 덤프 트럭들 민물 게처럼 기어 나와
막은 보(洑)
시멘트 옹벽과 돌망태로 호안(護岸)들을 쌓은

한여름 흙탕물이 몇 차례 멍석처럼 말려 가고 나면
흔적조차 없어진 봇자리엔
대신 정체 모를 밋밋한 모래의 잔등 네댓 엎어져 있었다
낚싯바늘에 솟는 햇볕들이 월척들로 낚여서 올라오듯이
익사한 시간의 시신 같은 것
어디선가 떠내려 온 뉘우침 같은 것
작인(作人)들은
그걸 치우고 수십 짝 흙 가마니 엇놓아 쌓고
거섶 걸쳐 물넘이를 놓고
그 너머로 양발 뻗대는 무엇인가를 넘기고 또 넘기다
보면
한 해가 떠내려 가고 또 몇 십 년이 떠내려 갔다
길 넘어 패어 나가며
자리 옮기던 물길이 한자리에 깊이 들어앉아
제 길 속에 굴신 못하고 갇혀 있지만

현대식 시멘트 보(洑)는
수월구(水越口)로 알 수 없는 요설들을 내막을 내뱉을
뿐이다.

사람들은 어렴풋이 짐작할 뿐이다
진실은
권력은 늘 제 정면 얼굴 보여 주지 않는다는 걸.

   2
얼추 이십 년은 됐지 노인정 지어 주고 동네 골목길 시
멘트 포장해 준다고 아래 위 뜸 도장 죄다 받아 갔어 그
렇게 주민 동의 받아 들어온 공장이여 이젠 그 공장 폐수
때문에 난리들이여 비만 오면 기다렸다는 듯 쏟는 정화
조, 화학 약품들 못 살어.

배상하라구 망친 농사 물어내라구 쫓아 들어가면 총무
부장이란 거 그거 아주 여우여 담배 피시라구 점심하러
가자구 언제나 살살대지 김밥 마는 덴 도사여 정화 시설
금방 한다구 공사 내일 모레 시작한다구 말뿐이지 벌써
몇 해째여 기껏 오염된 배수구 삽차로 뒤집어 준대나.

동네서 진정서 꾸며 청와대 낸다구 해두 눈썹 하나 끔
쩍 않더니 언젠가 지방 신문 기자 와서 설치니께 발칵 뒤
집히더라구 쫓기는 노점상 리어카 뒤집어지듯이 헛도는
바퀴처럼 뺑뺑이 돌더라구 빽이 좋구 권세가 좋은 거여
유전무죄 무전유죄 그대룬 겨

3

무소불위과(科) 집안 마디풀이 다섯 가락 덩굴손과 잎
들로 신나 몇 드럼 끼얹듯 왼 여름을 뒤덮었다 그 홑이불
자락 끝 꼭꼭 여미고 난 또 다른 덩굴손. 돼지풀은 돼지
풀끼리 개여뀌는 개여뀌끼리 쑥 소루쟁이 소나무들 남의
어깨 찍어 누르고 자빠지고 넘어지고 고꾸라지며 허리 늘
씬늘씬 늘여 가며 허위허위 기어올라 판 갈듯 집성촌을
예 저기 들여짓고. 헌 누더기처럼 살집 벗는 늦가을에야
겨우 드러났다 발굴된 미이라처럼 고총(古塚) 속에 피골
만 남은 잡풀들 개별적으로 망해 입도 달싹 못하고 목 떨
어진 것 실올의 뼈로 삭은 것……그러고도 또 누가 간지
럼밥 먹이는지 낄낄낄낄 찬 세월 반강제로 웃는 해골 빈
바가지 덜렁덜렁.

칠장사(七長寺) 혹은 임꺽정(林巨正)에게

1

철주(鐵柱) 당간에 세월은 목 매달린 개처럼 높이 걸렸
다. 씨도 없이 말리다가 섭섭한 듯 남겨 놓은 토종 시간
몇이 칡덩굴들로 항쇄족쇄를 채우고 선 계곡 왼쪽 각 성
(姓)받이 나무들 틈에 꼭꼭 숨었다. 샛길에서 샛길로 보이
는 길에서 다시 안 보이는 길로 그렇게 첩첩이 닫힌 길
미닫이로 열고 들어왔다. 들어올수록 투명하게 개이는 생
각들. 암벽 끝 참수(斬首)당한 물줄기들이 헛된 말들을 하
얗게 게워 놓는다.

2

간이 식당 살 없는 사내의 심장이 앙가슴 뼈 안에 녹슬
어 파묻힌 폭탄이 건너다보인다. 유신 세대도 광주 세대
도 아닌 백정 세대인 그는 말없이 노려보더니 빈 소주잔
을 채워 주고는 어디로 사라졌는가. 다만 쓴 소주들이 물
독 가시듯 좌악좌악 씻어 내리는 삶의 내부 혹은 후끈거
림이여, 남은 여름 두어 필에 불이 붙는다. 어디서 불려
나왔는가 말잠자리떼들 양 볼기 사이를 붉은 햇살에 꿰인
채 네 앞에 오체투지(五體投地)로 엎어져 떴다. 내면 없는
사람들이 무심히 움직인다.

김 승 희

자기 젖꼭지 외

- 1952년 전남 광주 출생
- 서강대 영문과 및 동 대학원 국문과 졸업
- 1973년 《경향신문》 신춘문예에 시 〈그림 속의 물〉 당선, 등단
- 소월시문학상 수상
- 시집 《태양미사》·《미완성을 위한 연가》·《빈손을 위한 협주곡》·《달걀 속의 생》·《글씨의 촛불》·《어떻게 밖으로 나갈까》 등

자기 젖꼭지

허드슨 강가에 앉아
나, 물어 보았네.
너는 왜 여기까지 흘러 왔나?

흐르는 미시시피 강 위를 달리는 유람선 위에서
나, 다시 그 물음이 떠올랐네.
너는 왜 여기까지 떠돌고 있나?

많은 사람들이 거처없이 떠돌고 있는 것을
나 바라보았네,
떠도는 것이 반드시 불행한 것은 아닐지라도
왜 이렇게 정처없이 바깥에 떠돌지 않으면 안되는
사람들이 많이 있는가?

안에서 바깥을 생각하는 사람과
바깥에서 안을 생각하는 사람에게
끝내 자기 젖꼭지를 못 찾은 돼지는
죽고 만다는 이야기를 맞춰 볼까?

회귀는 잘 이루어지지 않는 것이어서
우리는 이렇게 자꾸 떠돌며

결국 주어지지 않는 자기 젖꼭지를 찾아
천의 하늘, 천의 강물을 바라보며
자기 젖꼭지를 찾아, 간다, 간다, 간다……
가는 길～～～～～

모든 신발이 불편하다

모든 신발이 불편하다 나는 신발장을 연다
모든 신발이 가혹하다 나는 신발장을 닫는다

신발을 신고 나설 때마다 난 어떤 본능을 다치는
것만 같아, 골절, 뼈 뼈 뼈가 어긋 물린 것 같고 어떤
때는
도에 지나쳐 피 피 피가
길 위에 흘러내려 나의 길을 모가지로 감고 엉겨 저지
하는 것 같아,
신발에서 길을 갈라내지 못하면
미친 듯이 신발의 길에 먹힐지도 모른다
신발에서 발을 추려내지 못하면
어쩌면 신발에서 발목을 잘라내야 할지도 모른다
거기다 또 신발의 중독에서 깨어난 발
발가죽의 중독에서 깨어난 뼈들조차
더 시끄러운 이 내란의 길목에 서서

꿈이여, 잠시 잠시만 더, 그래도, 이 가죽 부대 같은 신
발 안에
뭉쳐 있지 않겠니? 신발을 들고 날아가는 저 눈부신 태
고의 날개가

하얀 자갈밭에서 알을 깨치고 날아가는
태양빛의 뜨거운 새처럼
고요히 중심의 원시 신화 속으로 솟구쳐 오를 때까지
나의 발은 아직 할 일이 많고
나의 발은 아직 더 가고 싶은 길이 있단다

그리하여 엘칸토 금강 에스콰이어 비제바노 브랑누아를
넘어
레스모아 미스미스터 엘레강스 허쉬파피 랜드로바를 지나
갔습니다,
구두 대(大) 바겐에 가면 나에게 맞는 신발을 어쩌면 구
할 수 있으리라~
모든 신발이 뼈에 마치고 근육은 구두에 대들고
발톱은 구두 가죽을 찢고 한 발 가득 무성한 털은
솟구쳐 나와
한 걸음 걸을 때마다
범주를 벗어난 모래와 엉긴 피가
나의 신발 너머 길 가득 수북이 넘치고 있으니
모든 신발이 수상하다 나는 신발장을 연다
모든 신발은 천적이다 나는 신발장을 닫는다

두부 디자이너

이런 방식으로 존재하려고 했던 것은 아니다,

원하지도 않는데 골다공증으로 뼈는 물렁물렁해지고
원하지도 않는데 살은 두부처럼 흐느적흐느적 무너지고
원하지도 않는데 원하지도 않는데
두부를 디자인하는 재단사들이 우리에겐 왜 이리
많은 것인가? 사정은 너도 마찬가지겠지만

두부 디자이너는 신문 속에도 있고
신문 뒤에도 있고
텔레비전 위에 텔레비전 속에 텔레비전 뒤에
제사상이 차려진 병풍 뒤에도 병풍 앞에도 병풍 속에도
잡다한 모임 속 혹은 태평양 건너의 어떤 곳
포크와 나이프
아니면 숟가락과 젓가락, 오오 모든 리모콘을 든 자들이
안 보이는 곳에서
새로운 통치의 디자인에 몰두하고 있는 것을
(두부 디자인보다 쉬운 일이 세상에 어디 있으리)

정말 이런 방식으로 존재하고 싶지는 않다,

우리의 마음 밑에는 얼마나 많은 두부들이 경련하며
퍼들퍼들 쌓여 있는가,
넋도 없고 뼈도 없이
오오 저 희끄무레한 면적으로만 존재하는
단지 면적으로만 존재하는
한모 두모 세모 네모의 두부(頭部)들

솟구쳐 오르기

허우적대다
허우적대다
허우적대다
허우적대다
허우적대다

죽었는가
이젠 정말 죽었구나
했을 때
나는
떠
오
르
고
있었다

지상의 가장 끝에서
혼자 본
아침
해

백경의 장엄한 숨쉬기처럼
물방울 분수를 조용히 내뿜으며
수면 위로
머리를 내밀어
고통의 신의 하사품을 받는 것처럼
고
요
하
게

가라앉는 행복조차 빼앗기고
아아, 또 살아났구나
휴우~~~하고 말하려는 것처럼
솟구치는

질투

이티달 오스만은 이집트에서 온, 흑발에 검은 눈을 가진
여성 작가이다.
우리는 친구지만
그녀가 아라비안 나이트를 자랑하고 세헤라자드를 사랑
하고
병 속의 마술사 지니를 자랑하고
사하라와 나일 강과 스핑크스를 자랑할 때
나는 그녀를 미워한다.
그녀는 하루에 클레오파트라 한 갑을 피우는데
하루에 클레오파트라를 이십 번이나 죽이는 이티달을
나는 또 사랑한다.

너는 세헤라자드를 가졌고
칸차나는 크리슈나를 가졌고
케리는 할로윈 데이와 에드가 알란 포우를 가졌고
케말라는 알라와 라마단을 가졌고
마크는 시베리아와 도스토예프스키와 차이코프스키를
가졌는데
지펑은 만리장성을 돈황을 가졌는데
우리는 금강산도 백두산도 못 가지고
나는 나는 무엇을 가졌는가?

(우리는 경주와 훈민정음과 단군 신화와 설악산과
　선운사와……)

　이티달 오스만은 세헤라자드가 모든 이야기꾼의 원형이
라고
　말하며, 너도 세헤라자드의 후예라고,
　죽음을 걸고 우리는 이야기하는 것이라고
　　(그래, 나는 원형을 이해하는 사람이지만
　오늘은 어쩐지 원형 속에 무임 승차하고 싶지 않구나)
　이티달, 나 간다, 도라지를 피우며,
　내 방에 앉아 나는 뿌리 아래로 내려간다,
　나는 무엇을 가졌는가?
　우리는 생존해 있다, 아가야, 우리에겐 생존이 그렇게도
어려웠느니, 사진틀 속의 나의 아버지 목소리가 들린다.

조 정 권

금시당 시편 외

- 1949년 서울 출생
- 중앙대 영어교육과 졸업
- 1970년 《현대시학》에 시 〈흑판〉 등 추천, 등단
- 녹원문학상·현대문학상·한국시인협회상·김수영문학상·소월시문학상 수상
- 시집 《비를 바라보는 일곱 가지 마음의 형태》·《바람과 파도》·《산정묘지》 등

금시당* 시편(今是堂詩篇)

1

고사목(枯死木)들 남천강 건너 한천(寒天) 쪽으로 쓰러
질 듯 쏠려 있다.
기름기 쑥 빠진 겨울 바람 속에서
촉 세우고
한파(寒波) 휘젓던 냉깔.
만나러 오는 뱃길 웃음으로 마중했으리.

2

주인 가고 없는 빈 집이라 빗장 열려 있어
마루에 걸터앉아 공(空)한 시간에 취하고
대접 바라지 않는 마음
휘늘어진 꽃가지에 취해
졸음이 잔치.

3

대청마루 같은 마음 여기 살고 있다.
중문(中門) 들어서면
동량(棟樑) 기둥 예 갖추고 있다.
사귀 반듯한 댓돌 예 갖추고 있다.
목백일홍 꽃숭어리들 함구하고 있다.

4

마루 기둥에 매미가 붙어 울고 있다.
악산 비취빛 뻗어
사백 년 묵은 은행나무 잎과 가지 사이
맑은 바람 일으킨다.
대청마루 앞뒤 공(空)해
맞바람 서늘하다.

5

늙은 붕어 사는 안채 굳게 잠겨 있다.
고요한 구멍 하나 뚫어 보다.
처마끝 실로 매단 준치뼈
쇠울음 내다.

6

저녁나절 부채 들고 못가에 나앉는다.
흙소 건너간 못물 흔적 하나 없다.
맑고 공(空)해
눈 환해진다.

7
남은 마음은 그래도
무덤가 응달 뒤 잔설(殘雪)로 환해 올까.
님에게 순처럼 올라온 2월을 드린다.

8
남천강 마주 대하며
천황봉(天凰峰) 사자평 고원 기와 지붕 삼고
마음 기둥 동백밭에 박았으랴.

새벽부터 용마루에 흰구름 돌고 있다.

9
머리 속 책 내쫓고
바흐 파이프오르간 소리에 귀 쪼이듯
천황봉 겨울 산봉(上峰)을 우러르다.
서울서 같이 온 대학원생들 틈에 끼어
깨어서 듣는
천(千) 산의 천둥 소리 우레 소리.

10

대작대기로 언 산(山) 후려쳐 보고
세상 향해 크게 한 번 웃어 본다.

고요 시편(詩篇)

1
누가 이 안을 쓸고 또 쓸었을까.

눌러앉히고 싶어
이 고요 닫아건다.

2
안을 담아
밖으로 내놓는다.
안을 열어 놓고
활짝 대한다.
안도 시끄럽다.

3
안을 열어 두고
이 고요 잠근다.
밖이 가득하다.

흰빛

간밤 싸구려 포도주에 곯은 골 처매고
더위먹은 한 마리 지친 개 되어
생 마르코 광장에서 달을 쫓다가
흰빛 나는 하늘의 첨탑을 향해 걸어갔다.

개미 한 마리 얼씬 않는
흰빛 나는 고요의 사원 앞마당
하염없이 핀 흰빛에 넋을 놓고 있는데,

이 무슨 물벼락인가
놀라 올려다보니
내 머리 꼭대기 위
평화롭게 거기를 내놓고 볼일 보시는 신동상(神童像)이
계시었다.

제9회
소월시문학상 수상작품집

■

심사평

■

수상소감

■

작가론

수상작의 구도적(求道的) 자세

구 상

올해 예선을 거쳐 본선으로 넘어온 시들은 지난해의 사변(思辨)과 요설적(饒舌的) 경향의 작품들에 비겨 언지(言志)랄까, 메시지가 담겨 있어서 첫째 대견했다.

심사위원들이 일차적으로 세 명씩 천거한 시인 중 가장 다수표는 임영조 시인이었다. 그래서 자연스레 이번 수상자는 임영조 시인으로 낙착되었다.

임 시인은 본 소월상 후보로 올해까지 네 번이나 추천되었으며, 그 작품 활동이 활발하고, 또 우수하다고 정평이 나 있는 시인이다. 이번에 추천된 〈고도(孤島)를 위하여〉 등 열 편의 작품 속에서도 그의 치열한 시 정신과 그 형상화의 각고면려(刻苦勉勵)가 엿보인다.

더구나 내가 호감이 가는 것은, 언어 표상에 등가량(等價量)의 진실을 수반하려는 그의 구도적(求道的) 자세다. 시(詩)라고 하는 한자(漢字)가 말씀 언(言)에 절 사(寺)로 이루어지듯, 시인은 구경(究竟)에 있어 수행자의 자세를 지녀야 한다.

혼히 시를 말의 치레로 착각들을 하는데, 우리가 일상 대화에서도 상대방이 아무리 번드르르하게 치장된 말을 하여도 거기에 수반되는 진실이 있고 없음으로 해서 그 말의 감동이 좌우되듯이, 시에 있어서야 더욱 그렇지 않 겠는가! 그래서 나는 오늘날 우리 시에 있어서 저러한 감 동의 유정란(有精卵)과 무정란(無精卵)이 정확히 구별되어 야 한다고 생각한다.

이런 의미에서 나는 임영조 시인과 함께 천거했던 천양 희 씨의 시편들의 따뜻한 인간적 정한(情恨)에 끌렸었다. 그런데 그 작품들 서두에 제시된 〈진로를 찾아서〉가 객쩍 은 한문 숙어의 기롱으로 다른 시편들에 대한 관심을 감 소시킨 느낌이 없지 않다. 어쨌거나 더욱 정진을 기대한 다.

내밀한 자아 조명

김 남 조

　소월시문학상의 후보 시인은 매해 십여 명이고 각 열 편 정도의 작품이 예심을 거쳐 올라오게 된다. 그래서 백 편이 넘는 작품 묶음을 정독하게 되는데, 이때 우리 시의 성격과 이를 배경으로 하는 강렬한 개성들과 만나게 된다.

　결국 두세 사람으로 좁혀져 남게 되고, 임영조 씨의 수상 결정은 심사위원 전원이 일치하는 평가로 쉽게 이루어졌다.

　임 시인의 〈고도를 위하여〉는 섬이라는 객체와 자기 자신이라는 주체 사이의 물리적 구조를 다루고 있다. 이 '섬'은 심리적 객체이며, 내밀한 자아 조명 안에 그 모습이 보인다. 자신의 일부분이며 자신 안의 다른 일부분이 느끼는 거리감 등속을 다시 그 외곽이라 할 포괄적 자아 안에 보듬고 있다.

입체 구조를 평면 사진에 담으려 애쓰는 사진사는 그가 만족감을 얻기까지 얼마나 많은 필름을 버리게 되는지? 이 시도 노작(勞作)의 흔적이 역력하고, 이에 바친 시간의 부피가 읽는 이에게 고통스럽게, 능히 전해진다.

한 편의 시는 시를 이루는 과정에 있어 더욱 후하게 치르는 인내와 노동력과 침잠성(沈潛性)을 요한다는 게 내 생각이다. 설익은 술을 술잔에 담듯이 너무나도 졸속 제작이 성행하는 현실에서, 이 시는 우직할 만치 공들여 써낸 시라는 점에 평가의 합의를 얻었다고 본다.

임영조 시인의 다른 작품들도 수준을 신뢰할 만하나 이 시에 비해선 적은 비중의 평점이 불가피하다. 발표를 늦추더라도 수준 균등의 창작을 지향함은 모든 시인에게 해로운 권장이 아닐 것이다.

다른 시인들에 대하여도 언급하고 싶은 것이 많으나 생략할 수밖에 없음이 아쉽다. 섣불리 한두 마디에 그치기에는 다른 시인들 그 하나하나의 시 세계도 크고 나름으로 확고하기 때문이다.

우리 시의 건강성 회복의 방향 제시

오 세 영

심사 대상자는 각계의 추천에 의해 예심을 거쳐 올라온 열 명과 그외 본심 위원들이 천거한 두 명을 합쳐 모두 열두 명이었다. 그중 네 명 정도가 본격적으로 논의되었으며, 최종적으로 임영조 시인을 대상 수상자로 뽑는 데 별다른 이의가 없었다.

논의의 대상이 된 시인은 임영조·천양희·이기철 씨 등이었다. 본인으로서는 그외 김혜순 씨 등의 작품도 매우 인상적이라는 느낌을 받았다.

임영조 씨는 최근 들어 괄목할 만한 시적 성과를 보여준 시인이다. 그는 날카롭고도 지적인 통찰력으로 사물의 내면에 잠재한 존재론적인 의미를 매우 심도 있게 탐구해 왔다.

이는 물론 시의 본질적 특성이기는 하지만, 요 근래 우리 시단의 시류적인 관심이 산문적 요설과 센세이셔널리

즘을 추구하는 데 쏠려 있다는 점에서 상대적으로 값진 것이라고 평가할 수 있을 것이다.

임영조 씨는 시류성과 먼 시적 경향을 추구하고 있는 까닭에 아마도 남달리 외로움을 타고 있을지 모른다. 그러나 그가 가고 있는 길은 우리 시의 건강성을 회복하는 데 하나의 방향이 될 수 있음이 분명하다. 따라서 그의 이 같은 작업에 격려를 보내는 것은 비단 그를 위해서만이 아니라 우리 시단을 위해서도 의미 있는 일이라 할 것이다.

이기철 씨는 새로운 스타일의 자연시를 쓰는 시인이다. 그가 도달한 자연 속의 유토피아는, 산업 사회의 물화된 현대인들이 정신적 부활을 이룰 수 있는 공간이다.

그러한 의미에서 그의 자연시는 종래의 그것처럼 단순히 자연의 서정을 노래하거나, 노장적 혹은 유가적인 세계에 몰입해서 쓴 것이 아니다. 그는 자연 속에서 현대 문명을 지탱해 주는 정신적인 에너지를 발견하고 있다. 그의 앞으로의 작업에 기대가 크다.

김혜순 씨는 최근 들어 시적 형상성에 있어서 조용한 변화를 보여 주고 있는 시인이다. 그것은 그의 시에서 우리가 지금껏 불만족스럽게 생각해 왔던 것들의 개선이라 할 수 있다. 물론 아직도 산문적인 묘사와 지나친 사변이 완전하게 가시지는 않았으나 상상력의 전개가 치밀해지고 표현이 밀도를 더해 가고 있다. 한마디로 시적 긴장감을 지니면서도 언어가 진솔해졌다고 말할 수 있을 것이다. 그의 이러한 변화는 새로운 세대의 시인들에게 좋은 귀감이 되리라고 믿는다.

사물의 내면을 통찰하는 힘

이 어 령

좋은 시가 어떤 것인가를 간단히 정의하기는 힘들다. 그러나 최소한 산문적인 표현을 좋은 시의 지향점이라고 말할 수는 없을 듯하다.

좋은 시는 '좋다'는 기준에 앞서 우선 최소한 산문과 구분되는 어떤 것이어야 하기 때문이다. 그럼에도 불구하고 '산문화된 것'을 새롭다 하고, '새롭기 때문에 실험적'이라 하고, 실험적이기 때문에 좋은 것이라고 한다면, 시란 그 존재 의의를 상실하고 말 것이다.

내가 모두에서 이러한 장황한 이야기를 꺼내는 것은, 그럼에도 불구하고 요즘 일부 우리 젊은 시인들의 시가 이와 같은 경향을 맹목적으로 추구하고 있는 것이 아닌가 하는 느낌을 강하게 받기 때문이다.

나는 기본적으로 젊은 시, 실험적인 시들에 대하여 남다른 애정을 지니고 있는 사람들 중 하나지만 오늘 우리 시의 상황을 볼 때 그에 못지않은 우려를 가지고 있다는 사실도 고백하지 않을 수 없다. 이러한 관점에서 임영조·천양희 씨 등의 작품은—그것이 비록 실험적이라거나 새로운 세계를 보여 주지는 못했다 하더라도—우리 시의 진로에 바람직한 기여를 할 수 있을 것으로 생각되어 격려를 보내고자 한다.

임영조 씨의 시는 사물의 내면을 깊이 있게 통찰하는 힘이 있다. 그는 사물을 단지 현상으로 노래하거나 사물을 통해 자신의 주장을 피력하지 않는다. 그가 탐닉하는 것은 일상적 인식의 저 너머에서 꿈꾸는 생의 진실들이다.

그러한 관점에서 임영조 씨가 노래한 모든 것들은 사물이 지닌 잠재 의식이기도 하다. 그러나 임영조 씨의 시는 지나치게 사물의 수직적 깊이에만 연연한 나머지 그 수평적 넓이를 충분히 가늠하지 못하고 있음도 지적되어야 할 것이다.

천양희 씨는 일상적 소재들을 담담하고 진솔하게 묘사하면서도 그것을 산문적 차원에 떨어뜨리지 않고 시적 차원으로 높이 끌어올렸다는 점에서 호감이 갔다. 그러나 부분적으로 통속성을 벗어나지 못한 재치 같은 것이 흠이었다. 가령 〈진로를 찾아서〉의 첫 부분에서 중요한 역할을 담당하고 있는 단어들의 패러디가 그렇다.

'비범한' 관찰과 발견

조 남 현

　임영조의 작품을 포함해서 천양희·강은교·김혜순의
작품들을 주목했다. 이들은 꾸준히 시를 써오는 가운데,
세월의 무게만큼 넓어졌거나 깊어진 시 세계를 보여 주고
있다. 이번 결과에 관계없이 긴장의 고삐를 늦추지 않았
으면 한다.

　시대를 초월한, 교과서 같고 모범적인 시적 상상력이
있을 것 같지 않다고 생각하는 편이긴 하지만, 요즈음의
우리 시들을 보면 대체로 시적 상상력의 변풍이랄까 변칙
에 매달리는 듯한 느낌을 갖게 된다. 진술 욕구가 과다해
진 것도 같고, 적당히 고민하고 사유하다가 만 것도 같
고, 독자의 구미를 필요 이상으로 의식하는 것도 같다.

　매력 있는 표현, 갈고 다듬은 맛이 역력한 표현, 저 영
혼의 깊은 곳에서부터 울려 나오는 표현, 이런 것들이 기
다려진다.

아무리 시대가 바뀌고 문화가 다양해졌다고 해도 시의 묘미가 최소한의 표현에 최대의 의미를 담아 내는 데 있음은 변할 수가 없다.

필자는 평소부터 임영조 씨의 시를 관심있게 보아 왔고, 재미있게 읽어 왔던 사람의 하나다. 그의 시는 재미는 있지만 그렇다고 가볍거나 속되지는 않다. 또 그는 한 편 한 편의 시를 이해하고 음미하기 좋게 짜내고 있으면서도, 결코 독특한 시관(詩觀)과 시작법을 놓치지 않고 있다.

그의 시적 상상력은 분명히 일상 의식에서 출발하고 있기는 하지만 흔히 볼 수 있는 생활시의 수준에 머물고 있지 않다.

이렇듯 그의 시가 우화등선(羽化登仙)의 기운을 보일 수 있게 된 것은 그가 끊임없이 '비범한' 관찰과 발견을 의식하면서 긴장을 풀지 않고 있기 때문이다.

임영조는 시적 대상이 어떤 현상으로 이루어졌든, 사물로 만들어졌든, 아니면 삶의 형식으로 구성되어 있든, 일단 삼켰다가 의미화해서 내뿜는 태도를 취한다.

시적 대상은 그의 내면을 거치면서 의미로 도금된 언어의 형식과 질서로 튀어 나오게 된다. 〈고도를 위하여〉라든가 '곤충 채집'이란 부제가 붙어 있는 〈나비〉 같은 작품들이 이러한 임 시인의 시 세계의 특징을 잘 일러주고 있다.

마음 늘 가난한 시인의 길

임 영 조

▲ 소월 시의 흉내로 시작된 문학 수업

우리 나라 시문학사에 가장 빛나는 업적을 남긴 민족
시인 소월의 이름으로 주어지는 큰 상을 받게 되니 감개
무량하고 황송할 따름입니다.

삼십여 년 전 사춘기적 감상으로 맨 처음 구입한 박영
사 판 소월 시집 전편을 암송하고 흉내내면서 시작된 나
의 문학 공부가, 지난해에 이어 다시 엄격한 검증을 받은
것 같아 기쁘고 또 한편 어깨가 무겁습니다.

소월시문학상은 여타 문학상과 달리 시인 개개인에 대
한 피상적 인식보다 그해의 발표 작품 중 가장 우수한 작
품을 엄정하게 선고하여 수여되는, 영광스런 상으로 익히
알고 있기에, 내가 과연 이렇게 큰 영예를 차지해도 될
것인가 하는 의구심과 자책이 앞서 그저 송구스럽습니다.
또한 이 건조한 시대에 순결한 시 정신으로 오직 시의 길

을 함께 걷는, 이 땅의 많은 젊고 역량 있는 시인들 앞에 미안한 마음 금할 수 없습니다.

그리하여 이번에 내게 수여된 이 과분한 상을, 나의 문학적 성과를 높이 사서 주어진 상이라기보다 더욱 열심히 좋은 시를 쓰도록 분발을 촉구하는 격려의 채찍이라고 스스로 규정하고 나니, 한결 마음이 놓이는 것 같습니다.

차제에 나는 이 자리를 빌어 다소 어눌하나마 나의 문학적 편력과 소견을 피력할까 합니다. 그래야만 이번 수상의 수혜자로서 갖는 흥분과 부담감, 두려운 마음으로부터 벗어날 수 있을 것 같습니다.

내가 문단 말석에 이름 석 자를 등재한 지 올해로 이십오 년째가 됩니다. 맨 처음 소월의 전통적인 민족 정서에 기반을 둔 가락과 서정에 매료되어, 밤낮없이 암송하고 습작한답시고 그분의 시를 흉내내면서 비롯된 나의 문학 수업 시절까지 헤아린다면 서른 해가 훨씬 넘는 셈입니다.

그러나 나는 지난날 한때나마 시는 결코 밥이 될 수 없고, 현실적 삶에 허약한 나를 구제할 수도 없는 허상이라고 방기한 채 오직 먹고 사는 일에 매달려 허송하던 전과도 있음을 고백하지 않을 수 없습니다.

왜냐하면 그 부끄러운 전과가 오늘날 내 시의 위상을 바로 세워 준 버팀목인 동시에, 시적 긴장을 계속 유지시켜 준 값진 경험이었기 때문입니다. 또 그 기간이 비록 시 쓰기에는 게을렀지만 보다 체계적으로 독서하고, 시적 사고력을 키운 시간이기도 했습니다. 그리고 문학은 어차

피 혼자 하는 것, 혼자 쓰고 혼자서 공부하는 것임을 새삼 확인할 시기였으며, 시가 무엇인가를 좀더 분명히 터득하게 된 시기였습니다.

그로부터 나는 세 권의 시집을 묶어 냈습니다. 오늘날까지 줄곧 이백여 편 남짓한 분량의 시를 써온 셈입니다. 문학 수업 서른 해를 헤아리는 기간에 결코 많은 양이라고 자위할 수 없지만, 그간 치열하게 살아온 내 삶과 시작업 과정을 뒤돌아본다면 굳이 적은 양이라고 자책할 생각도 없습니다. 오래 산 인생만이 훌륭한 생이라고 평가될 수 없듯, 개인의 삶에 대한 미학적 기록에 불과한 문학의 성과 역시 부피로만 계산될 수 없다는 생각에서입니다.

▲ 따분한 감옥으로부터의 탈출

어느새 젊은 나이를 거의 탕진하고 난 요즘에야, 시 쓰는 일이 왜 어렵고 고통스런 작업인 동시에 축복받은 삶인가를 조금은 알 것 같고, 왠지 잘못 살아온 것 같은 지난날의 감회와 더불어 앞으로 가야 할 방향을 새삼 짐작케 됩니다.

사람의 나이란 때때로 자기 스스로를 비춰 보는 거울이 되기도 하는지, 나는 내 나이로 인해 어느 날 문득 암담한 벼랑 끝에 매달린 나의 한심한 몰골을 발견하고 깜짝 놀라지 않을 수 없었습니다.

그때 내가 본 나는 이미 녹슬고 고장난, 그래서 작동이 뻑뻑하고 불편한 로봇이나 진배없었습니다. 별로 약삭빠

르지 못한 머슴 주제에 노상 섭섭한 밥그릇의 무게나 가늠하고, 신산스런 세상살이에 끼여들기 위해 몸부림치고, 사지를 허우적거리며 정신없이 앞만 보고 뛰는, 참으로 한심한 나의 수동적 삶에 심한 갈등과 회의를 느꼈습니다. 갇힌 현실의 그 암담한 감옥에서 미래를 꿈꾸고 영혼의 상처를 치유시킨다는 것은 전혀 가망없는 환상에 지나지 않았습니다.

그리하여 나는 지난해 말, 이십 년 남짓 몸담아 온 그 따분한 마음의 감옥으로부터 탈출을 감행함으로써 완전한 자연인이 되었습니다. 그로부터 팔 개월 동안 한적한 방에 나를 가둔 채 면벽 생활을 하다 보니, 이제 제법 이력이 붙고 마음의 여유도 갖게 되었습니다.

전에는 바쁘다는 핑계로 무심히 지나쳐 온 내가 보이고, 사람들이 보이고, 산과 나무와 꽃과 온갖 미물까지 새로 보입니다. 그동안 팽개쳐 둔 책이 보이고 글이 보입니다. 모든 사물을 새로 읽게 되니 이 우주 공간에서 나의 존재는 과연 무엇인가, 내가 할 수 있는 일은 진정 무엇인가를 자주 생각합니다.

이제 남은 나이를 어디에 투자해야 나의 남루한 삶에 신선한 의미가 양각될 수 있을까? 생각을 거듭한 끝에 내가 할 수 있는 일이란 시 쓰는 일밖에 없다는 결론을 얻게 되었습니다.

이 혼탁한 세상에 시를 쓰며 산다는 것은 어쩌면 참 바보스런 일이고, 무슨 대단한 자랑거리도 될 수 없으며, 고작 우리네 사회 일각의 문화적 장식에 불과한 시의 명

에를 지고 산다는 것은 일종의 자학일지도 모릅니다. 그러나 힘겨운 세상살이에 상처받고 지친 내 영혼의 고독과 기갈을 채울 수 있는 방편은 시 쓰는 일밖에 없을 것 같습니다.

기왕의 내 직무가 단순히 나의 현실적 삶에 소요되는 물질적 욕구를 채우기 위한 헌신이었다면, 이제 남은 삶은 시를 부업이 아닌 본업으로 삼아 새로운 삶의 방식을 추구하고자 합니다.

그러려면 나의 삶과 세계를 바라보는 눈을 언제나 새롭고 자유스럽게 지녀야 하고, 편견과 아집에 사로잡히거나 과거의 성과와 기여에 연연하지 말고 나의 삶과 세계를 총체적인 넓이로 바라보고 경험해야 되리라 믿습니다.

따라서 나는 아직까지 스스로를 지배해 온 온갖 규제와 억제로부터 나를 넓게 해방시켜 보다 자유로운 눈으로 새로운 세계의 문을 열고자 합니다.

문학이 창조 예술인 한, 편견과 아집에 사로잡히거나 과거의 권위와 위엄에 취해 사는 눈은 동시대의 문학은커녕 자신의 삶조차 제대로 깨닫지 못하는 청맹과니가 아닐는지요.

뼈아픈 자기 극복을 감내하지 못하는 삶의 태도, 흘러간 과거에 집착하는 안일한 사고는 문학의 세계에서는 아무짝에도 쓸모없는 경화 현상 내지는 폐쇄 현상에 다름아닐 것입니다. 때문에 나는 모든 허위 의식과 고정화된 시선과 결별하고, 늘 새로운 눈으로 사물을 읽고 나의 삶과 질서를 모색하는 영원한 신인으로 다시 태어나고 싶습니다.

▲ 쉽고도 어려운 시 쓰기

그동안 나의 시 쓰기는 평이한 언어와 간결한 구문으로 시의 전달 기능과 공감 효과를 높이기 위한 작업으로 일관해 왔습니다. 우리가 흔히 접하는 사물과 자연 현상을 새로운 눈으로 읽어 내고 직관과 치열한 언어 미학 탐구를 통해 그것이 나의 시적 공간 속에서 어떤 형상으로 전이되고, 어떤 빛을 발하는지 시험을 거듭해 왔습니다.

우리 시의 맥을 이어온 전통적 시를 서구 모더니즘의 난해성을 빙자하여 고의로 파괴하거나, 비약이 지나친 메타포의 잦은 남용과 우회적 진술로 결국 자신을 기만하고 독자를 깔보는 투의 시를 멀리해 왔습니다.

요컨대 독자에게는 쉽고도 어려운 시, 쉽게 읽히면서 그 속에 숨겨진 내면 세계는 높은 경지에 이르러 아무나 흉내내기 어려운 시, 읽을수록 감칠맛 나는 그런 시가 최상의 시라는 소신 때문에, 가급적이면 객관적이고 보편적인 소재에서 주관적이고 개성적인 인식 내용을 판독해 내고, 보다 독특하고 친숙한 화법으로 독자에게 삼투하려는 소망으로 시를 써왔습니다.

한 편의 시가 시인의 손을 떠나 미지의 세계로 던져지면, 그 시는 동시대를 살아가는 모든 이웃과 함께 나누는 감흥이며, 아픔이며, 열정과 정서며, 언어의 꽃이어야 한다는 아주 상식적인 믿음으로 시를 써왔습니다.

오늘날 우리 시가 갈수록 위상을 잃고 문화권 밖으로 밀리고 소외되는 안타까운 현실을 지켜 보면서, 시인들 스스로의 책임 또한 면할 수 없다는 사실을 인식하니 더욱 그런 생각을 갖게 됩니다.

그러기에 나의 시 쓰기는 지적인 요소와 정서적인 요소 가운데 비교적 후자에 더 많은 비중을 실었습니다. 왜냐 하면 하나의 조화된 질서와 미학적 세계가 응축된 한 편 의 시에서 음미할 수 있는 철학이나 사상은 독자 스스로 읽어 낼 몫이고 즐거움이지, 시인의 의도된 계산으로 전 달되는 메시지가 아니라는 자의에서입니다.

또한 참여 의식도 그렇습니다. 시인은 시대적 조류나 현실 상황에 너무 민감할 필요도 없지만 너무 둔감할 필 요도 없다고 봅니다. 다만 그 존재를 수용하고 또 한편 대결하면서, 오직 시적 장치를 통해 자신의 삶을 성찰하 고 자문하고 깨달음을 터득하는 일종의 구도 행위가 시 쓰기라는 신념을 갖고 있습니다.

나는 언어에 대한 애착과 함께 신선한 감흥으로 미지의 세계와 합일하려는, 어찌 보면 좀 어리석고 순진무구한 서정 시인으로 남기를 소망합니다. 또 가장 좋은 시를 완 성한 시인으로 평가받기보다, 좋은 시를 쓰기 위해 최선 을 다한 시인으로 기억되기를 소망합니다.

참담하고 어둡던 시대의 한많은 시인으로 태어나 우리 의 시문학사에 가장 큰 족적을 남기고 간 소월을 기리는 고귀한 상인 만큼, 나는 이번 수상을 계기로 보다 겸허한 자세로 좋은 시를 쓰기 위해 마음이 늘 가난한 시인의 길 을 갈 것을 다짐합니다.

아울러 스스로도 늘 미흡하기 짝없는 나의 작품에 애정 어린 시선과 과분한 평가로 용기를 주신 여러 심사위원

선생님께 진심으로 감사드리며, 문학사상사의 무궁한 발전을 기원합니다.

정신과 표현의 새로운 경지

이 숭 원
(문학평론가·서울여대 교수)

▲ 언어의 표현 미학과 자아 존재의 탐구

임영조 시의 지속적인 관심사가 자아의 성찰과 존재의 탐색이라는 것은 많은 사람들이 지적한 사실이다. 첫 시집인 《바람이 남긴 은어》에 해설을 쓴 오세영 교수도 「자아의 확립」이라는 표현을 썼고, 두 번째 시집 《그림자를 지우며》의 해설에서 조남현 교수도 「발견과 자기 응시의 시」라는 말로 임영조 시의 특징을 부각시켰으며, 세 번째 시집 《갈대는 배후가 없다》의 해설을 쓴 정효구 역시 「순수한 자아」라는 말로 임영조 시가 지닌 내면 탐구의 경향을 드러내었다. 필자 또한 「미로 속의 자아 탐색」이라는 제목으로 세 번째 시집의 시 세계를 평설한 바 있다.

이런 점으로 볼 때 임영조 시인의 시 작업에 있어 하나의 무게 중심 역할을 하는 것이 나라는 존재의 탐색이라는 것은 거의 부정할 수 없는 사실이라 하겠다. 그리고

이 점에 대해서는 시인 자신이 시집의 서문이라든가 시작
메모 등을 통해서 여러 번 그 사실을 수긍한 바 있다. 그
는 언어의 표현 미학을 탐구하는 동시에 나의 존재는 과
연 무엇인가를 성찰하는 자세로 시작에 임해 왔음을 토로
하고 있는 것이다.

시인의 데뷔작은 그의 모든 시작에 있어 하나의 이정표
나 지도의 구실을 한다고 볼 수 있는데, 《중앙일보》 신춘
문예 당선작 〈목수(木手)의 노래〉에서도 자신의 존재론적
위상을 분명히 밝히려는 모색의 자세를 확인하게 된다.
그는 스스로를 목수에 비유하여 과거의 아픈 기억을 잘라
내고, 고통스럽게 순수의 형상을 창조하는 자신의 모습을
표현하였다.

이러한 자아 성찰의 단면이 20대의 문학적 열정과 결합
되어 다분히 추상적인 성향을 보인 것은 사실이지만, 여
기에는 기교 위주의 시에 머물지 않겠다는 결의도 보이
고, 쉽게 허물어지는 시는 쓰지 않겠다는 각오도 드러나
있어서, 시에 대한 확고한 자세가 마련되어 있음을 뚜렷
이 확인할 수 있다.

이러한 자아 탐구의 경향은 〈허수아비의 춤〉, 〈백자송
(白磁頌)〉, 〈12월〉 등의 시를 거쳐 최근의 작품인 〈고도
(孤島)를 위하여〉에 이르러 거의 절정에 달한 듯한 느낌을
준다.

초기 시에 보이던 관념성이라든가 하나의 정제된 시를
써야 한다는 강박 관념이 사라지면서 정신의 내부에서 자
유롭게 샘솟아 오르는 활달한 상상력이 창작의 새로운 경

지를 열어 보이고 있는 것이다.

▲ 시의 새로운 혈로 개척

그가 추구하는 최상의 경지를 무어라고 한마디로 잘라 말할 수는 없지만, 그의 시 〈고도를 위하여〉에 나오는 몇 개의 시어를 통해 탐색의 지향점을 추측해 볼 수 있다.

그의 시 〈고도를 위하여〉에서 중요한 의미의 층위를 이루는 시어는 '벽' '절해고도' '씻어 말림' '등신' '달마' '마애불'로 정리된다. 시인은 자신의 고립을 '벽'으로 인식하고, 더 나아가 인간 존재가 등돌린 벽처럼 고립된 것임을 깨닫는다.

벽처럼 가로막혀 출입의 창구마저 봉쇄된 고립성, 이것이 바로 인간의 존재론적 실상이라는 생각이다. 이 벽의 심상은 자연스럽게 섬의 심상으로 전이되고, 그것은 해풍에 씻기우고 햇살에 말려져서 「사람 냄새 싹 가신 등신」 「눈으로 말하고/귀로 웃는 달마」 「한평생 모로 서서/웃음 참 묘하게 짓는 마애불」로 형상화된다.

이 세 형상이 인간 욕망의 흔적을 지워 버린 달관과 무욕과 탈속의 한 경지를 드러낸다는 것은 분명하다. 그리고 이러한 형상의 창조가 시의 새로운 혈로를 뚫으려는 시인의 지속적인 노력에 의해 얻어진 것이라는 점도 두말할 나위 없는 진실이다.

무욕과 탈속의 경지를 추구하는 것은 〈갈대는 배후가 없다〉에 이미 뚜렷한 모습을 보였으며, 그외에 〈과천별곡〉이라든가 〈억새꽃〉 등에서도 그러한 지향이 나타나는 것을 볼 수 있다.

요컨대 그의 이러한 정신 지향은 하루 이틀에 생긴 것이 아니라 오랫동안의 모색과 성찰에 의한 것임을 알 수 있다. 황잡한 삶 속에서 진실을 찾아 헤매고, 미로와도 같은 세계에서 자신의 나아갈 길을 찾아 고민하던 자아가, 자신의 지향점으로 모든 번민과 욕망을 벗어 버린 '절해고도의 마애불'을 설정한 것이다.

그 정신의 경지가 우리가 사는 세상에서 멀리 떨어진 거리감을 지닌 것은 사실이지만, 세속의 번뇌에 시달리는 우리들에게 그것이 오히려 신선한 충격을 주는 것도 사실이다.

▲ 구상성과 보편성을 획득한 시적 표현

이러한 정신의 경지와 더불어 그의 최근 시에서 우리에게 신선하게 다가오는 또 하나의 요소는 새로운 표현의 미학이다.

그의 시의 어법은 막힘 없이 자유 자재하여 이제는 그야말로 어떤 입신(入神)의 경지에 이른 것이 아닌가 하는 생각이 들 정도다. 표현의 면에서 이러한 또 한차례의 상승이 가능했던 것은 그의 가열찬 시 정신에 그 근원이 있다고 생각한다.

말하자면 이제는 다른 모든 것을 제쳐 놓고 오로지 시 쓰는 일에만 매달리고, 시를 통해서 내 존재의 승부를 걸어야겠다는 생각이 정신의 진경도 열어 주고 표현의 새로운 국면을 타개하게 하였다고 생각한다.

초기 시부터 그가 즐겨 사용하던 표현의 방법은 대상을 어떤 다른 현상에 비유하여 우의적으로 표현하는 것인데, 이러한 우의적 표현은 대개 일정한 비유의 축을 정해 놓는 경우가 많다. 가령 〈목수의 노래〉에서 자신의 체험을 갈고 다듬어 시를 창조하는 자기 자신을 목수로 비유하고 시상을 전개한다든가, 〈백자송〉에서 평범한 흙이 희고 빛나는 백자의 살결로 변신하는 것을 여인의 삶의 변화 과정과 비교하는 것이 그것이다.

이러한 표현 방법은 시작(詩作)의 이력이 깊어질수록 더욱 정교해지고 자연스러워진다. 그리고 초기 시에 보이던 관념적이고 사색적인 경향은 구체적 사물을 통하여 우의적으로 현실을 표현하는 과정에서 구상성과 보편성을 획득하게 된다. 말하자면 머리 속에 존재하던 관념이 가시적인 사물로 대상화되는 것이다.

이러한 현상의 좋은 예로 우리는 〈리모콘〉이나 〈성냥〉을 읽어 볼 수 있다. 〈리모콘〉은 우리가 집에서 흔히 사용하는 리모콘을 소재로 한 것이다. 일상적 생활에서 우리가 깊은 관심을 두지 않는 리모콘을 시인은 세밀히 관찰하여 그것의 의미를 탐색하고, 우리가 살아가는 삶의 국면과 관련된 요소를 성찰한다. 한 번 리모콘을 누르면 순식간에 화면이 바뀌고, 새로운 세계가 펼쳐지는 것은 가만히 생각해 보면 놀랍고도 두려운 일이다.

우리가 사는 세상이 버튼 한 번 누르면 전혀 다른 모습으로 뒤바뀔 수 있다는 것은 참으로 끔찍스런 상상이다. 그런데 이러한 리모콘의 작동처럼 우리의 삶이 전혀 딴판

으로 바뀌는 것이 상상할 수 없는 일인가 하면 그렇지는
않다. 사실 우리의 일상적 삶이 이러한 급변을 보이는 예
는 아주 많으며, 우리들은 그런 변화에 고통을 느껴 왔는
데도 일상성에 마비되어 자각하지 못했을 뿐이다.

시인은 리모콘을 비유의 축으로 설정하여 현실의 그러
한 속성을 드러냈다. 「이 시대의 테러리스트」「완전무결
한 단죄」「일격필살을 노리는/복수의 버튼」 등, 이 시에
나오는 절묘한 표현들은 대상에 대한 세밀한 관찰과 삶의
양태에 대한 깊은 사색이 결합되어 얻어진 성과다.

〈성냥〉 역시 표면적으로만 보면 성냥이라는 대상을 재
미있게 형상화한 것으로 읽힌다. 「흰 뼈만 앙상한 체구에/
표정까지 굳어 버린 돌대가리」라고 성냥의 외양을 묘사한
대목도 재미있거니와, 「언제든 부딪치면 당장/분신(焚身)
을 각오한 요시찰 인물」이라고 성냥을 형상화한 부분은
성냥이라는 가시적 물체의 테두리를 떠나서 우리들이 살
아가는 삶의 국면을 환기하는 상징적 기능을 수행한다.

요컨대 각각의 적절한 묘사들이 성냥이라는 대상의 사
물적 속성을 충분히 드러내는 한편, 그것은 또한 현실과
삶의 양태를 우의적으로 드러내는 비유의 매개항으로 작
용하고 있는 것이다. 우리들은 이 시에서, 사회에 대한
적의를 품고 극단적인 방식으로 자기를 현시하여 시선을
모으려는 부조리한 군상의 의식 구조를 대하게 된다.

▲ 풍자와 익살로 즐기는 언어 유희

어떤 하나의 사물을 묘사하면서 그 너머의 것을 암시하

는 이러한 이중적 표현 방법이 임영조 시의 독특한 개성
을 이룬다는 것은 이미 여러 사람들이 지적한 사실이지
만, 그것이 근작 시에 와서 정신의 자유를 연상시키는 자
유로운 어법으로 승화되고 있는 것은 참으로 놀라운 일이
다.

그는 최근 곤충을 소재로 한 일련의 시를 발표하였는
데, 거기에는 날카로운 풍자의 칼날이 익살스런 어투 속
에 숨어 있다. 〈지네〉는 화려한 수사로 일관한 장황한 시
를 비판하고 있고, 〈거미〉는 자신의 시 창조의 과정을 거
미가 그물 치는 것에 비유하여 표현한 것인데, 여기에도
현란하고 화려한 시에 대한 비판이 함유되어 있다.

그는 억지로 꾸며내는 어법, 화려한 수사학을 거부하고
우리들이 일상적으로 주고받는 담화의 어법을 채택하고
있다.

시란 어떤 고답(高踏)한 정신의 경지를 추구하고, 그것
을 언어로 드러내는 작업이긴 하지만 그 언어조차 고답해
지고 기이해져서 일반인들이 이해하기 어려운 것이 되어
서는 안된다는 생각을 그는 지니고 있다.

우리에게 쉽게 다가오는 시, 그러면서도 그 뒤에 의미
의 여운과 정신의 향취를 남기는 시를 원하는 것이다. 그
래서 그의 어법은 자유롭고 활달하며, 때로는 익살과 재
치를 부려 언어 유희를 즐기기도 한다.

〈봄 산행〉이라든가 〈나비〉는 이런 점에서 언어 구사의
진경을 보여 주는 예들이다.

〈봄 산행〉의 「오르면 오를수록 산봉은/짙푸른 색정만

상승하는 곳」에서 색정(色情)은 관능적인 감정을 뜻하는 말이지만, 여기서는 초록의 아름다움에 대한 희열의 감정을 의미하는 말로 전환된다. 그러면서도 표현은 아름다운 산과 하나가 되고 싶은 생각을 나타낸다는 점에서, 산에 대한 육체적 욕망이 고조된다는 뜻으로도 해석할 수 있다. 요컨대 색정이라는 시어는 원래 그대로의 뜻이건 시의 문맥에 제시된 뜻이건, 어느 것으로 해석해도 이 부분의 의미의 이해에 적합한 것이다.

이처럼 탄력 있고 기발한 언어 선택은 비단 이 부분에만 국한되지 않는다. 색정이라는 관능의 언어를 사용한 직후 색즉시공(色卽是空) 공즉시색(空卽是色)의 명상적 어법을 제시하는가 하면, 사람은 죽으면 결국 산으로 가 묻히니 등산은 「사전 답사 같은 것?」이라고 익살을 보이다가 메아리를 뜻 깊은 법어로 받아들이는 진지한 자세를 보이기도 한다.

자유분방한 상상력에 의해 펼쳐지는 그의 언어의 편력은 그야말로 무애자재하여 성과 관련된 색정에서 불교의 법어, 신세대의 경박한 어법, 단호한 웅변적 구호 등 다양한 변화를 보인다.

끝부분의 뻐꾹새 울음이 내 마음 빈 터에 방점을 찍는다는 표현도 절묘하지만, 그 의미의 심각성을 다시 「이제 그만 환속하라고?」라는 가벼운 익살로 지워 버리는 수법은 임영조 시인이 이룩해 낸 개성적 어법의 한 절정을 보여 준다. 여기에는 산의 아름다움에 동화되고 싶으면서도 어쩔 수 없이 인간의 한계 속에 남게 되는 생활인 임영조의 가벼운 탄식도 응결되어 있다.

▲ 자신을 돌아보게 하는 자성의 시

임영조의 최근 시가 보여 주는 언어 구사의 묘미는 이 외에도 여러 편의 시에서 만나게 되는데, 그중에서 나는 〈나비〉의 1연과 2연을 매우 좋아하여 그 율동과 형상에 취해 있다.

공중을 나는 나비를 「천하의 바람둥이」라 표현한 사람 아직 없으며, 「건들건들」「어질어질」이라는 흥겨운 의태 어로 나비의 동작을 묘사한 시인도 나는 아직 보지 못하 였다.

대저 대상을 정밀하게 관찰하여 새롭게 드러내는 것이 시인의 직분 중 하나라고 하는데, 임영조 시인은 그 직분 의 하나를 충실히 수행하였으니, 그것만으로도 이 시대의 탁월한 시인이라 할 만하다.

시인의 개성적인 묘사와 넘실대는 가락에 나 또한 한 차례 색이 통하니, 이것도 시인이 준 혜택이 아니겠는가. 이렇게 사물을 새롭게 표현하여 새로운 시각으로 사물을 볼 수 있는 기회를 마련해 주었을 뿐만 아니라, 그는 자 신이 추구하는 정신의 경지를 절벽성의 형상으로 제시하 여 현세의 욕망에 휘감긴 우리들을 아연 긴장케 하고, 우 리를 돌아보는 자성의 자리로 이끌고 갔다.

감동을 통하여 자신을 돌아보게 하는 것 역시 시인이 수행하는 성스러운 직분의 하나인데 임영조 시인은 이것 까지도 겸하여 자신의 사업으로 삼았다. 그리하여 그는 말 그대로 시인다운 시인의 자리에 오른 것인데, 이 세상 어느 일이고 끝은 없는 법, 그가 가야 할 길은 아직도 멀리 찬란하게 뻗어 있다.

*

제9회 소월시문학상 수상작품집

*

초판발행 ─ 1994년 9월 30일
2판발행 ─ 1994년 10월 30일

*

지은이 ─ 임 영 조 외
펴낸이 ─ 박 공 근
펴낸곳 ─ 주식회사 문학사상사
서울특별시 종로구 적선동 80 적선현대빌딩 8층

*

편집부 ─ 736-9468 · 736-9469
영업부 ─ 736-9467 · 732-1321

*

우편대체 계좌번호 : 010017-31-1088871
지로구좌 : 3006111
팩시밀리 : (02) 738-2997
등록 : 1973년 3월 21일 제 1-137호

*

잘못 제본된 책은 구입하신 서점이나
본사에서 바꾸어 드립니다.

*

값은 표지 뒷면에 표시되어 있습니다.

*

ISBN : 89-7012-128-5   03810

문학사상 시선집 　<u>우리 시대의 詩</u>

／국변형판／각권 값 2.500원 내외

김승희 詩集
왼손을 위한
협주곡

아픔과 신령, 그리고 痛의 신바람이란 특유의 세계를 조화시켜 이루어 낸 미학과 시학이 공수(神話)처럼 계시하는 인식의 세계가 이 한 권의 시집이다.

노향림 詩集
눈이 오지
않는 나라

감성을 절제한 뚜렷한 개성을 통한 부재 의식과 사물들의 존재를 표현하고 있다. 살아 있다는 증거가 하나도 없는 삶 속에서도, 눈이 오지 않는 나라에 살고 있는 시인의 투명한 목소리를 들을 수 있다.

오세영 詩集
가장 어두운 날
저녁에

詩는, 별이 있고 꽃이 있듯이 그저 있는 것이지만, 고단한 시대의 시인들은 때론 꽃밭에 밀알을 뿌릴 수도 있고, 별빛으로 독서를 할 수도 있다고 말하는 시인의 불타는 갈등의 심연에서 피워 낸 아름다운 화해의 꽃다발.

홍윤숙 詩集
태양의
건너 마을

허망한 삶에 의미를 부여하고자, 명징한 언어로 현실 세계가 가지고 있는 온갖 결핍에 대해 깊이 고뇌하여 승화시키는 시인의 삶의 지향이 잘 드러나 있는 시편.

정한모 詩集 原點에 서서	세월이 흐를수록 생명감에 대한 저해 요인이 늘어나기만 하는 현재의 생활에서 비자연화, 비인간화의 추세가 가속화할수록 생명에 대한 사랑과 원초적인 것에 대한 그리움과 갈망이 담긴 시편.
이사라 詩集 히브리인의 마을 앞에서	시인은 엽서와 통화, 그리고 편지 전보 등의 언어를 통해서 타인과의 교신, 잃어버린 자아의 이름을 찾기 위한 치열한 몸부림을 詩라는 언어로 보여 주고 있다.
이성선 詩集 새벽 꽃 향기	자연으로 일컬어지는 우주적 질서에 대한 외중심에서 출발하는 시인은 우주 속에서 시인이 자리한 일상의 세계를 만나게 하는, 자리의 설정을 보여 주고 있다.
정한숙 詩集 잠든 숲속을 걸으면	우리의 인생의 체험에는 어떤 고답적인 구도나 고답적인 사유 따위는 불필요한 것이며 다만 실제 살아온 이야기, 현실과 생활과 자신의 행동이 일치되어 나온 체험적 진실만이 필요한 것이라고 주장한다.
유안진 詩集 月令歌 쑥대머리	우리의 의식을 억압하고 흔드는 정보산업사회를 사는 현대인의 고뇌를 함께 앓고 씻어 냄으로써 영혼의 정화를 돕고 있는 시편.